나의 自叙傳

目　次

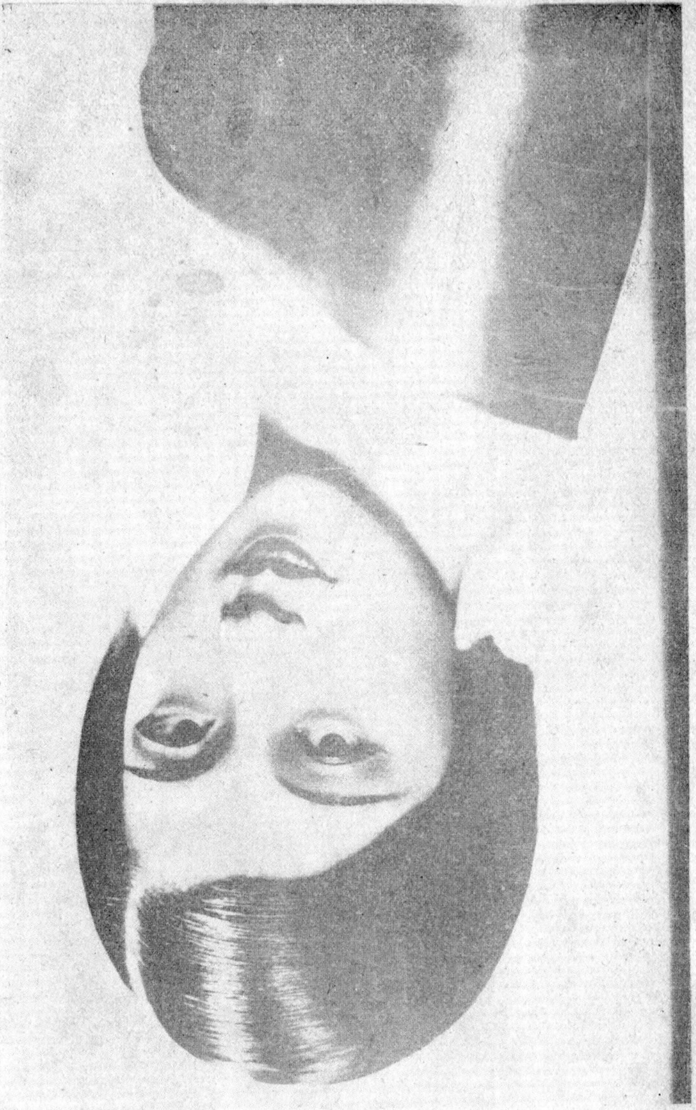

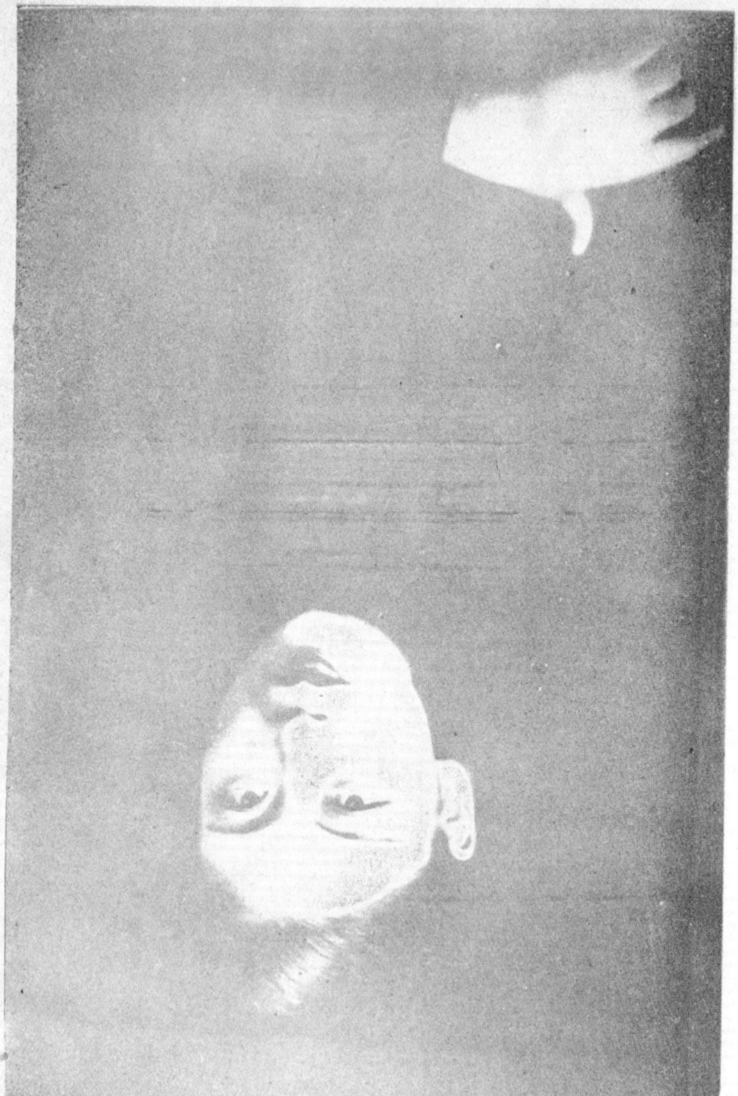

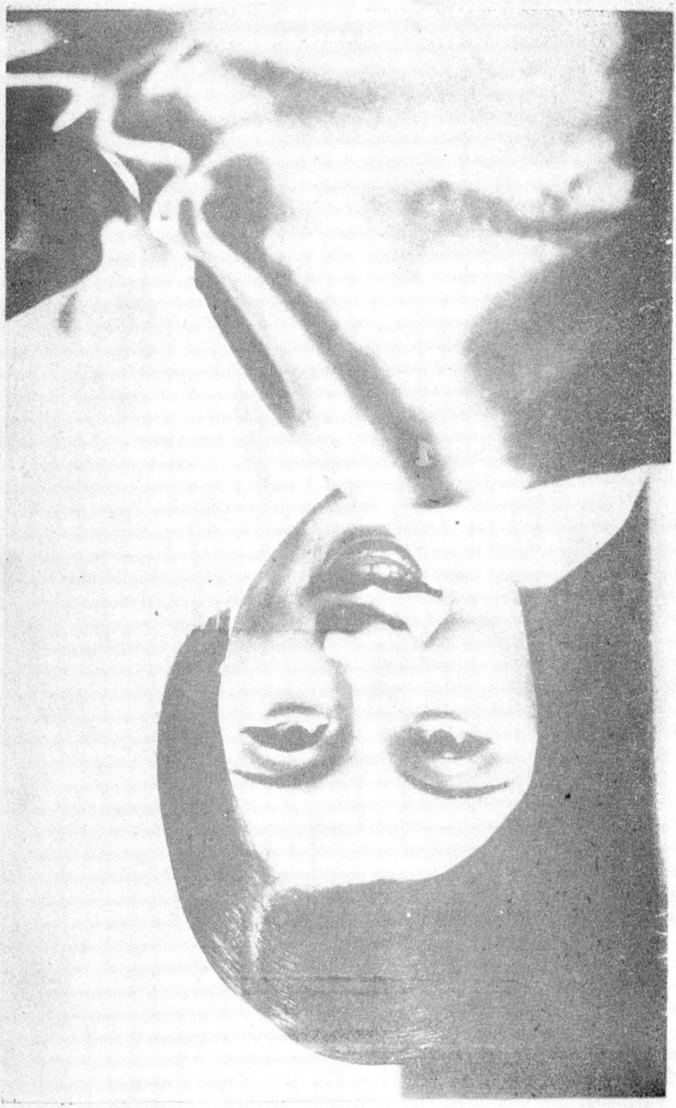

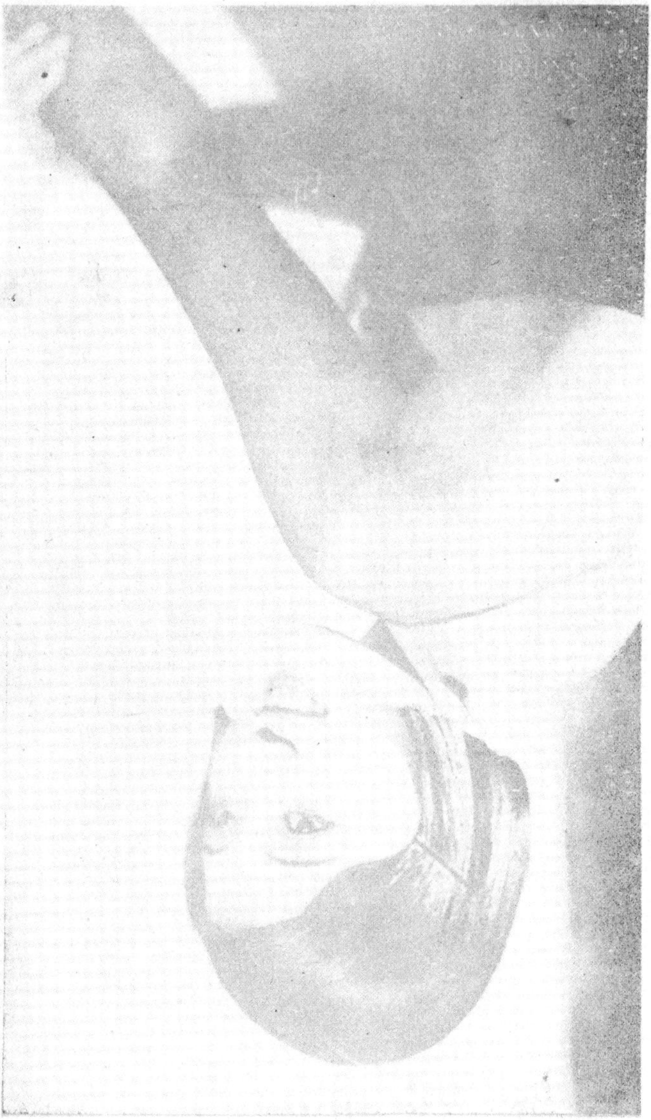

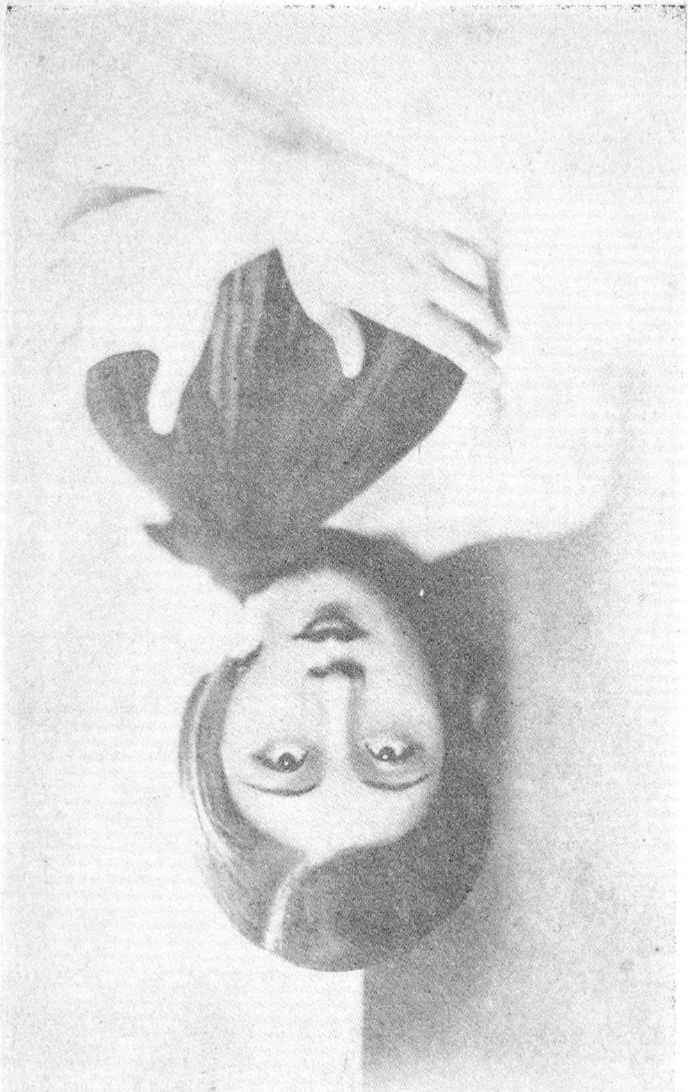

（京城舞踊研究所時代）

(巫女舞)

(希望을 안고)

（石井門下）時代

小夜曲（初舞臺）

(犧牲)

(劍 舞)

(오제의 죽엄)

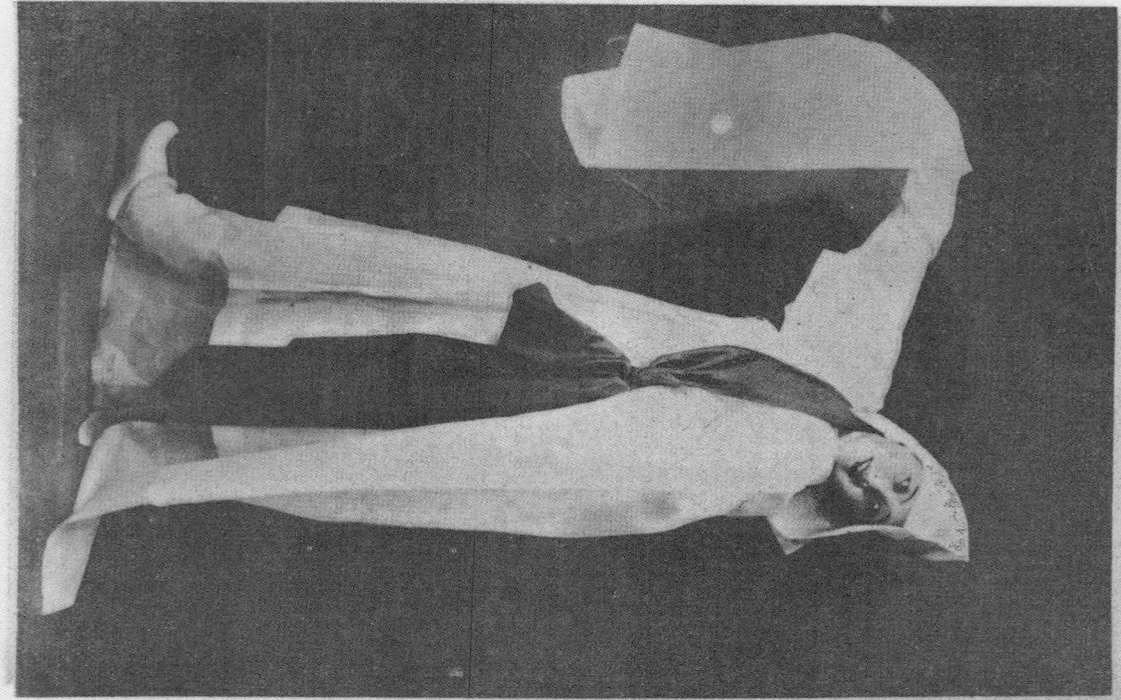

（舞 僧）

(오리엔탈)

(메리ㅣ위도우)

(街 頭 藝 人)

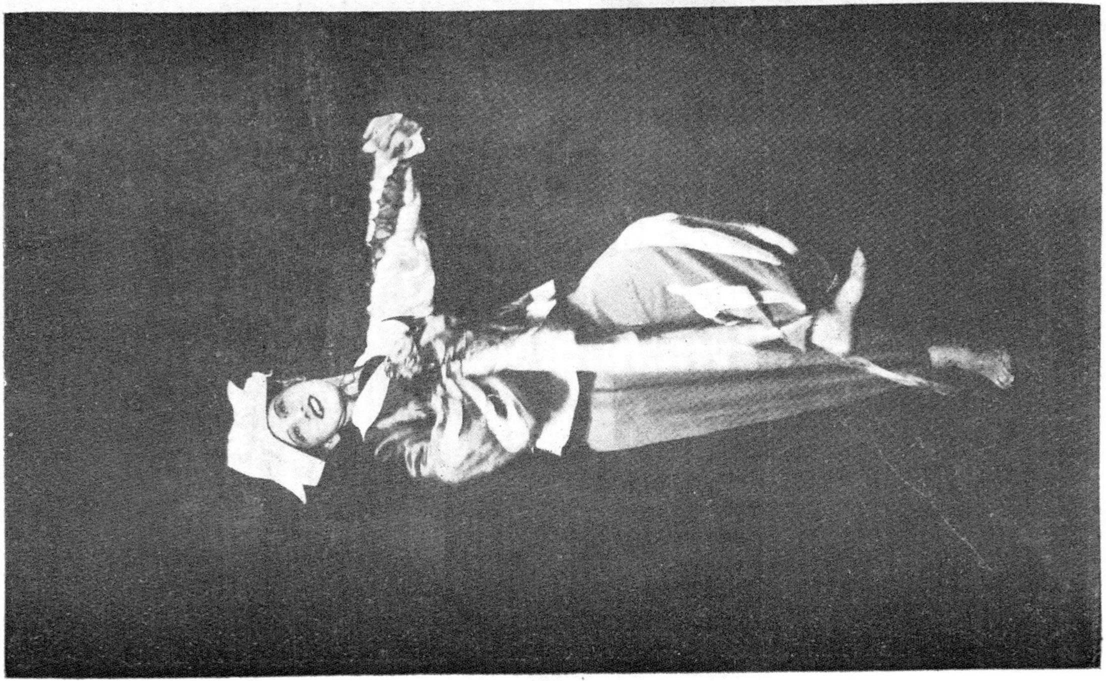

(마음의 흐름)

(廢墟에서)

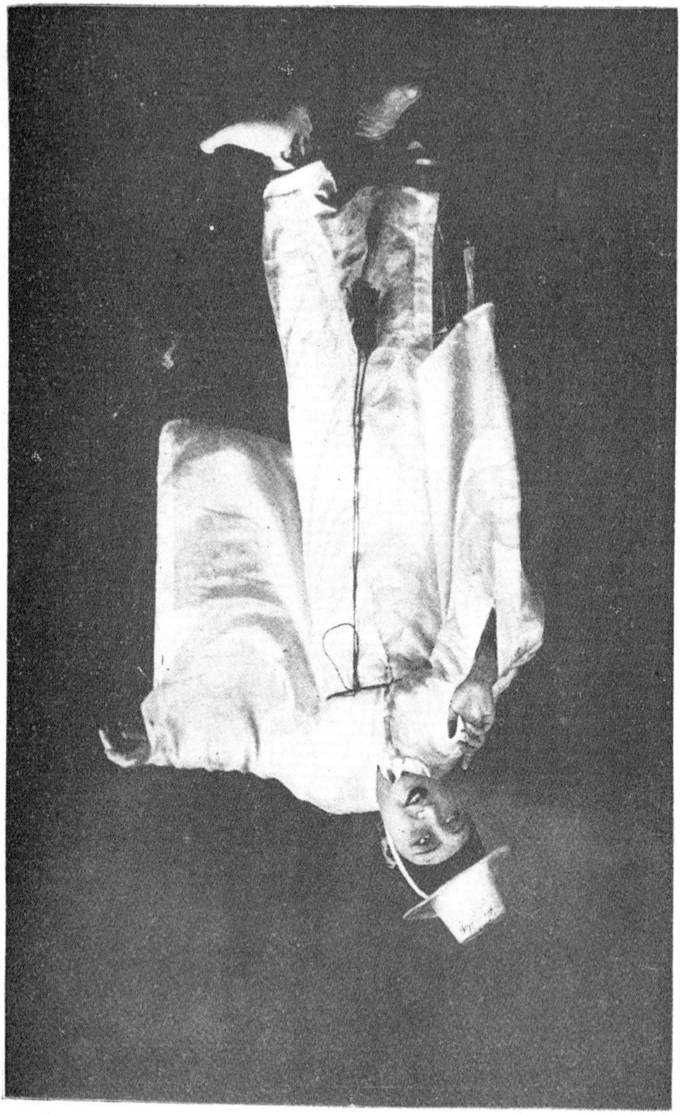

(巫女舞)

(動形의씨스렘)

(動形의씨스템)

(跳躍)

(暹羅의 춤)

(印度人의 悲哀)

（民謠調）

（襄陽調）

(第一回鄉土訪問)

(巫 女 舞)

(農夫춤)

(西班牙땐스)

(暴風雨)

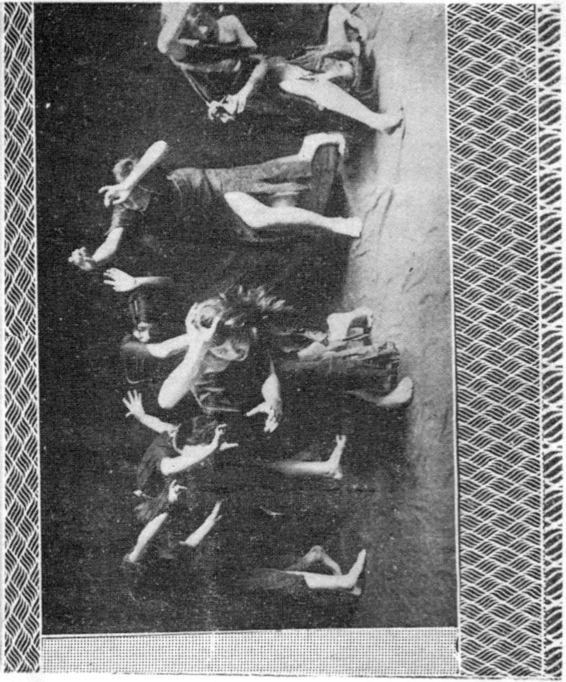

(跳躍)

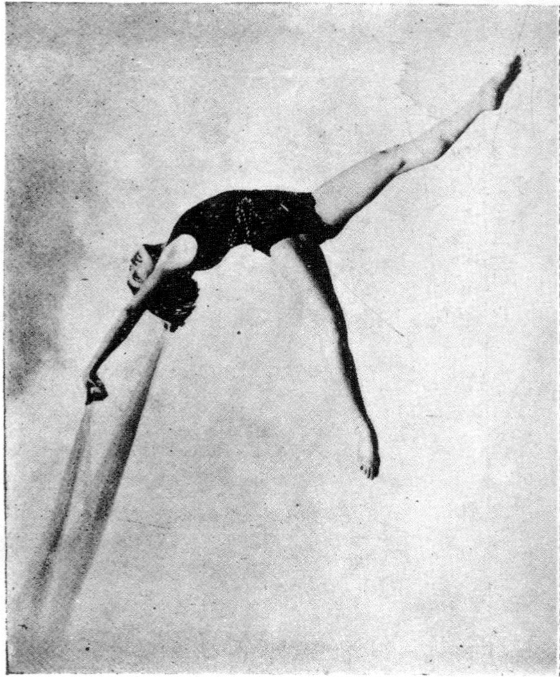

나의 自叙傳

崔 承 喜

학교를 맞을 때 까지

흐르는 세월은 빨으기 한 없어서 모든것은 꿈과 같이 지내갓다。 내가 장차 무용가(舞踊家)가 되려고 마음에 굳은 뜻을 품고、오래 동안 가슴에 그리고 있든 동경에 첫 발을 드려놓게 된것은 벌서 아득한 옛날과 같이 생각되는、대정(大正)十五年 꽃 피든 때 이엿고、그때가 꼭 내가 서울에잇는 숙명녀학교(淑明女學校)를 막 졸업하였으니、내가 열다섯살 되는봄이엿다。 생각 하면 그때가 나의 일평생의 운명을 결정하는 중대한 시기라고 할수있었다。

정든 고향을 뒤에 버리고、동경에 온것은——그것은 결코 화려한 무데를 꿈 꾸엇다든가、굉장한 명성을 마음속에 그리엿다든가 말하자면 그러한 허영이나 호기심에서 잔것이 아니라、어떤 나의 가슴 속에는 예술(藝術)에 대한 것잡을수 없는욕망의 불길이 타서 올으기 시작 하엿스니、나의 예술을 통해서 세상 사람의 머리우를 매(鷹)와같이 높이높이 날러서 보이고 싶은 소원이 깊이 뿌리를 박고 있엇든 까닭이엿다。

그러나 운명이라는 것은 어느때나 기구하고 험준한것이다。나의 그러한 소망과 정열도 여러가지 사정으로 해서 여러번이나 쓰라린 맛을 보게 되였으니、그것은 다른것이 아니라 나의 생활을 어워싸고 있는 경제문제(經濟問題)이엿다。

예전에 우리 집은 조선 에서 말하는 소위 양반의 집으로、어느 정도 까지 풍요한 생활을 하였엇다。그러한 까닭에 내가 소학교를 다닐때에는 아모 부족과 군색이 없이 따뜻한 비단 이불과 요우에서 세상의 괴롭고 마음앞은 불행이라는것을 도모지 모르고 있었다。나는 어린비닭이와 같이 어머님과 아버님께 사랑과 귀염을 바더 가면서、길려 왔다。

그러나 그것도 아츰 이슬과 같이 잠간이엿다。 쓸아린 운명의 검은손은、세상의 풍랑 가운데 괴로움과 앞음을 모르는、귀엽게 길린 내몸에 닥처오고 말었다 언제까지 든지 웃음과 사랑으로서만 나를 어루만저 줄줄 알든、나의 운명은 거칠고 사나워젓다。 내가 꼭 녀학교 일년급 되엿슬때인데、중산계급이든 우리집은 다른사람들과 같이 경제적 파멸의 구렁텅이로 빠저 드러갓다。

그러나 그것은 말하자면 새로운것이 나오기 위하야 옛것이 없어 지는 것이라고 할 수있겠다고 나는생각한다。 그렇다고 하드라도 이것은 너무나 마음앞은 격동이엿다。 거진 집안 살림이 다 엎어진것을 다시 이리키여 보려고 아버님과 어머님이 가진 애를 다 쓰섯지만、힘세게 처들어오는 운명 앞에는 다만 쓸데없는 노력이엿슬 뿐이였다。 그것을 눈앞에 놓고 물끄럼이 바라다 보는 나의 어린 가삼은 떠리기 시작하엿다。 그때에 나는 대체 사람이라는 것은 어째해서 세상에 태여 낫으며、또한 생활이라는것은 무엇인가 하는생각이 마음 속에서 끓키 시작 하엿다。 불안과 허무와 그리고 암흑! 이러한 무섭고 두려운 생각이 나면 날수록。이상스럽게도 나의 마음은 그와는 아조 반대로아름다운것 맑은것을 마음에 그리는것이 점점 강해지면서、그것이 또한 커다랗게 자라고 있었다。

이러한 풍우가 치는 운명、그가운데서、나는 숙명녀학교를 졸업하엿다。지금 생각 만해도 눈물이 어리여 진다。녀학교 삼년급에서 부터 나는 월사금을 내지 못해서 아조 학교를 그만 두어버리려고 생각까지도 하엿스나、여러 선생님들의 특별하신 사랑과 동정으로서 월사금 면세의 대우를 받게 될뿐만이 아니라、그외에 학용품 까지 사주심으로 그럭저럭 학교를 졸업하게 되엿다。

우리집 에는 오빠 승일씨(承一)가 애써서、쓴 얼마 안되는 원고료(原稿料)를 제하고는아모 수입도 없었다。그래서 하로에 두끼의 밥도 끄리지 못하는 날이 많엇다。

아츰밥때면 부모와 우리들이 밥을 서로 사양하야 먹지 아니하고、눈에 눈물이 고이며 학교 결상에 걸타 앉어서 어머니는 잡숫지않고 나를 먹이시든 일을 생각하면 오즉 눈물이 앞을가릴뿐이다。

나와 서모 (庶母)

이렇게 우리 집은 고란과 신고 가운데서 그날 그날을 걱정과 우울노서 지나 가는 동안에 어느날인가 아버님과 어머님이 모다 아츰 진지를 잡숫지 아니 하신줄을 안 나는 소매를 물어 뜻고서 다만 뜨거운 눈물을 흘리면서 나역시 세번에 한번식은 몸이 아프다고 핑계를 하고 밥을 아니먹고 학교에를 갔었다。

이렇게 괴병을 얼마 하는동안에 나는 정말 병이 나게 되엿다。내몸은 무섭도록 열이 올나서 뜨거웠다。사흘 나흘동안 정신없이 앓고있었다 이렇게 정신없이 앓다가 어느듯 눈을 떠서 볼때는 고요한 찬밤에 어렴풋한 다갈색의 전등빛이 빗이는 밑에서 나의 얼굴을 물끄럼이 드려다 보는 성모와 같은 중년의 부인이 있었다.

『아、자근어머니!』

어렴풋이 이렇게 말 하고는 나는 왼손을 내밀려고 하였으나、그손은 벌서 아까부터 이 서모에 손아귀에 부드럽게 쥐여저 있는것을 안그때에、나는 즐거운 눈물이 흘려서 눈을 가리였다。

자근어머니ㅡ그는 물논 아버지의 둘재 부인이였다。그는 본래 남의 첩 노릇하게 생긴사람이 아니였으나、당당한 양반의 딸노서、역시 양반에 집ㅣ당당한 신사(紳士)에게로 시집을 갔었으나、불행이 그의 남편이 죽은후에、그는 맛땅이 과부가 된 그대로 정절을 지키지 않으면 아니될것이였으나、여러가지 가정의 사정으로서、그는 혼자 살수없는 형편에서、하는수없이 또다시 시집을 가야만 하게 되였든것이였는데、그 둘재뻔 혼인이란것이、생각지도 않은 악당(惡黨)들에게 속아서、불행하게도 그는 또다시 제상에 차디찬 물결우에서 울지않으면 아니되게되였다。

그때즘은 화사한 생활을하는 나의 아버지와 그와같은 환경에 있는부인이 뜨거운 사랑으로서 연이 맺게된모양이다。

우리들은―오빠도―이 아버님의 첩을 자근어머니라고 불으면서、은위와 광휘가 빛난 어머님과는 따로히、언니나 아주머니와 같이、사랑스럽고 따뜻하게 이 둘재어머니를 마저 드리였든것이다。

자근어머니는 나를 안으면서

『어이구、퍽도 말넜구나、불상하지』

하면서 그 말 끝에는 눈물에 느끼며、그의 목소리는 떨리면서 목이 미여서 말을 못 하였다。

어느때나 불을 적게 때서 추은방안에는、하나님의 입김처럼 따뜻한 기운으로 원방에 차있었다。나의 좋아하는 과자가 머리맡에 듬북 있었으니 나는 이것이 웬일인지―꿈같이 생각되였다、서모는「알콜」에 적신「까제」를 가지고 여러날동안 목욕도 못한 내몸을 말정히 씨처 주시였다。

『어디가 아프냐』

나의 눈에 눈물이 고여있는것을 본 서모는 이렇게 물었다。

『아니요』

『그렇치만 눈물이 고였는데』

『자근어머니—너무 깁버서 그래요』

나는 겨우 이렇게 말할때에 그는 별안간에 나를 꼭 껴안었다。

『나도 나도 깁부구나』

감로(甘露)와 같은 서모의 눈물이 내등에 떠러저 흘럿다。

——아아 우리집도 예전과 같이 잘살었드면——하고 나는 생각 하면서、나는 원몸이 별안간 떨리는것을 깨다렀다。

그러나——그것은 아조 잠깐동안이였다。 그는 그가 가진 귀금속(貴金屬)과 보석 같은 것을、하나씩 팔어서 우리를 먹여 살리였다。

임이 몰낙해버린 아버지로 부터는 절연이 선고되는동시에 별다른 방책이 없는 그는

가난하고 순결한 생활에서, 계아미가 물건을 옮기듯이 자기의몸을 깎으면서도 우리집을 부양하였든것이다.

이와같이 작은어머니의 존재는, 일이 우리들 형제인의 마음에는 이성적(理性的)으로는 도저히 용서할수없이 부덕(不德)한것도 잘 아는바이며 나도 또한 잘 알고있다.

거죽으로는 아무런체도 아니하시고 점잔하게, 그야말로 옛날 대가집 본처로서 모든일을 관대하게 보시는 어머님의 가슴속 깊이 깊이, 이 작은어머니의 존재가 얼마나 괴로움과 쓰라림을 주었는지도 나는 퍽 잘알고 있었다.

모든것은 사람의 마음대로 할수없는 운명이였다. 아버지가 결코 나쁜어른이 아니였으며, 또한 서모도 미워할 사람은 아니였다. 말하자면 우리어머님만이 불상하게 생각 되였으나, 어린 내마음은 어찌 할수없는 분노로서 어지러웠으나, 그렇다고해서, 어찌 할수도 없었다.

그런데 이 서모는 아버님을 사랑하는 정도 이상으로, 어찌된일인지 나를 아조 맹목적

으로 사랑하는 모양이였다。또한 나의 어머님에게도 그는 자기의 친형과 같이 공경과 성실을 다하였다

나의 결심과 나의 성격

그러나 이러한 불행한 운명도 나를 실망하게 하지는 못하였다。그것은 다만 나의 미래를 결정하는 커다란 시련(試煉)에 지나지 않었다 누구든지 나를 눈물 잘 흘니는 사람이라고 하는 말을 드를 만치 약하였으나、어찌하든지 나의 힘으로 문어저 가는 집을 다시 일으키며、그래서 늙어 가시는 양친의 나문 해를、안락하게 하야 드리려고 굳은 결심을 몇번이나 하였다。

내가 학교에 단일때 그시대는、지금과는 아주 달러서、나는 우리 학급에서 제일 키가 적었었다。그리고 나히도 그중에 어리였든까닭인지、선생님들과 동무들이 대단이 사랑하였으며 나의 마음이 약하기는 하다고들 하면서도· 매우 확실하고 밝은 성질이 있

다고 말하는것을 드렀었든것이 생각난다 지금 내가 다소간이나마 의지가 강하고 노력하는 여성이라고 보이는 것도 여학교시대에 받은 고생의 은덕이라고 생각한다。

이러한 나의 성격은 또한 나의 오빠 숭일씨의 영행을 많이 받었다고 생각한다。그때에 오빠는 진보적「인테리」로서、문학자로서 신극방면에서 활동 하면서、소설을 쓰고 있었는데、나에게 데한 오빠의 애정과 지도는 얼마나 나를 격녀 하였으며、장녀 하였는지 모른다。오빠는 나에게 사물에 데한 정당한、관찰과 이해에 길을 열어주며 가르처 주었다。그래서 어떠한 골란에도 참고 나갈만한 귀중한 각오를 보여주었다。

나는 오빠의 영향을 많이 받어서 시(詩)와 소설(小說)을 읽었다。그러나 꿀처럼 달고、꿈처럼 헛된 시와 소설은、나의 마음에 아무러한 재미도 없었다。말하자면 현실속으로 파고 들어가서 생활의식이 풍부한 작품을 애독하였다。석천탁목(石川啄木)의 시와 노래를 한없이 애독하였는데 지금 생각 하면 그리웁기 한이 없다。

오늘와서 생각해 보면、그때의 나의 생각과 감정이 지금 나의 무용의 밑을 흐르고

있는것이겠다。 그렇다고 해서 내가 학교시대에 무용가가 되려고는 생각 하지 않었다。 학과의 성적은 우등、창가도 제법 잘하였으니、학교의 무슨 모임에서든지 으레히내가 독창을 하게된까닭에 장래에도 음악가가 되려고 생각 하였다。

처음에도 좀 쓴것과 같이、나는 여하간 숙명여학교를 졸업 하게는 되였으나、나의 나갈길에 대해서는 별로 방책이 없었다。 이러한 일이 있었다。 즉 모교의 교원회의에 결정으로 나를 학교 급비생(給費生)으로 동경 음악학교에 입학시키도록 되여있었는데、나히가 어린까닭에、하는수없이 열여섯살의 봄을 기다리지 않을수 없었다。 집에서는 일년동안 놀고서 동경에 가라고 하섯다。

음악교사인 김영환(金永煥)선생은 그중에도、나의 음악가될 소질이 있다고 보시고 『너는 꼭 음악가가 되여라』 하섯다。

아ㅣ그러나 그날 그날 살어가기가 곤난한가난한 집의 딸인、내 자신을 발견 하였다 그래도 어떻게 하든지 음악공부를 하고싶었다 동경에 가든지 그렇지 않으면 노서아에를 가든지——。

여러가지로김선생과 오빠가 자기의 일처럼 생각 하시고、걱정하신 결과、어찌 할수없으니까、제일 돈들지 안는 사범학교(師範學校)에 입학 하게 되였다。

그 사범학교의 입학 시험에 나는 쉬웁게 합격이 되였다。이만하면 좋다——하고 모다 나의손을 잡고 즐거워하였다。

그러나 나는 나히가 너무 어려서 입학이 허락 되지 않었다。문득 어두어지는 나의 운명! 추운 삼한사온(三寒四溫)의 계절이 지나가고。북한산의 덮이엿든 눈이 녹아 흘으며 벚꽃과 살구꽃이 웃는듯이 피는 봄이、우리들을 찾어 왔으나、암담한 가정에 불행한 나는 다만 고요한 침묵속에서 오빠가 빌려준 소설과 시를 읽기에 그날 그날을 보냈다。

그중에도 석천탁목 선생의 시와 노래는 피가 흘을 만큼 나에게 실감을 주었었다。

겨우 열다섯된 어린 게집애가 어느때나 침묵한 가운데서 심각한 인생 문제를 생각하고 있었다。

이러한때 어느날 서울 거리에는 우리들ㅣ젊은 사람들의 가슴을 흔들만한「포스터」가 날리였다。

──일본이 낳은 유일의 신무용단、석정막(石井漠) 일행이 온다──

서울을 차저온 큰 충격이란 이것이였다。

『승희야ㅣ 이것이다。이것이 너에게 남는 다만 하나인 등용문(登龍門)이다。』

하면서 오빠는 아조 흥분해서 나의 몸을 껴안었다。

내지에서도、많은 선량한 아버지와 어머니나、그외의 선배들이 이상하게도、문학과 예술에 대한 정당한 이해를 갖이 않고 완미한 의견을 주장 하는것을 너무도 많이 본 것이지만、조선에서는 그것이 더욱 심하였다。

『춤을 추다니、홍 기생이 된단말야』

『굶으니깐 딸을 기생으로 판다나、양반의집도 그러나』

『여하간 춤추는 사람을 맏들어 세상에 보낸 최씨(崔氏)와는 섭섭 하나 절연(絕緣) 해야 하지』

주위의 친척들도 모다 완고당들이다。친척만이 아니라 중요한 아버지와 어머님도 그러하셨다。

『아、참말노 슬푼일이다』

이렇게 말하면서 아조 슬푸게 소리를 내고 우는 사람들 앞에서、나와 오빠는 하나님의 시련을 받는 사람들 처럼 용감 하게 싸홨다。

다른 사람들은 어찌 햇든、끝 아버님과 어머님 만은、오빠와 나의 마음을 이해 하여주시였다。

석정막 선생은 여러가지로 나를 시험 한 뒤에 장중한 얼굴로서

『입문을 승낙한다』

고 힘 있게 허락 하였다。

눈물의 리별

싹트는 버들가지가 서로 얼크러진 언덕을 넘어서、나는 조그마한 서모의집을 찾었다 그가 사는집은 교외(郊外)이였는데 그곳은 봄이라도 거친바람이 부는 아조 퇴락한 마을이였다。

이곳은 서울이라는 대도회의 생활전선에서 패망해서 떠러진 불상한 극빈자만이 모여드는 곳이니、이 조고마한 집속에 아모 히망과 생명이 없고、사러갈 방도 조차 없는 사람들이다。

나의 가슴은 미여지는듯 하였다。

『여기가 자근어머니 댁입니까!이런데서……』

『그렇단다 아이고 이렇게 더러운데를 차어왔구나』

『그게 무슨 말슴 입니까』

『자、집은 더럽드래도、내 저녁 해주께 천천히 놀다가거라』

이렇게 말슴을 하고는、어디서 어떻게 구처하였는지 내가 좋아 하는 고기를 사가지고 오셨다。그것을 불에 구어 가지고는、더먹어、더먹어、하고 내입에다 들어 느어 주시였다。그의 심정을 잘 알고있는 나는 마음이 피로울뿐이였다。

세상이 어떠한지、시세가 어찌 돌아가는지 모르니、동경이라면 바다를 건느고 또건느며、산을 넘고 또 넘는 만리타향이나、머나먼 외국과 같이 생각 하는 그는、내가 동경을 간다는 것을、무슨 죽는데나 가는것 같이 생각이 된듯 하였다。

『어째서 그런데를 간다니? 다시 생각하고、가는것 다 그만두고、그냥 서울서 한데같이 죽든지 살든지 지내는것이 좋지 안니。죽는한이 있드라도 함께 있으면 마음이나 든든 하지 안어』

그러나 나는 나의 결심을 어찌 할수 없는것이다。

『꼭 훌륭한 사람이 돼가지고 올템니다。그때에는 자근어머니 은혜를 몇백배나 갚을

터이예요。아모조록 건강 하시여서 그때까지 기대려주세요、네』

이렇게 말하는 나를 참 마음으로、진심으로 물끄럼이 치여다 보시드니、별안간 나를 품에 껴아느시고 울기 시작 하시였다。그는 놓지 않고 나를 안은채 울음을 끝이지 않었다。

그때처럼 우러본일은 없다。

『인젠 아니울겠다。쓸데 없는말도 안하겠다。쓸쓸 하드래도、너 돌아오기만 기다리겠다。』

이렇게 말은 햇으나 그는 울음을 끝이지 않었다。

『자。가치 누어자자。또다시 언제나 너와 한자리에 누어 잘는지 알수있니、마지막 너를 안고 재워주께』

이렇게 말하면서 대낮에 이불을 내리고 나를 억지로 드러눕게 하고、젓먹이는 어머니와같이 옆에 밧싹 들어누어서、나의 억개와 허리께를 어루만지면서、

『인제는 아주 어른이 다 되였구나』하면서 그는 느끼여 울고 뜨거운 눈물이 흘러 나리였다。

석양에 붉은 볕이、오막사리 서창에 비드슴이 빗을때에 마지막 작별을 한、나와 그는 서편과 동편으로 갈리였으나、열깐도 채 못가서 돌아다 보니깐、그는 울면서 미친것과 같이 나를 쫓아서 오는것이다。

또다시 난호여서 얼마쯤 가다가 돌아다보니 두손을 얼굴에 대고 울고 있다。

이번에는 내가 서모에게로 쫓아가서 안키였다。나종에는 아주 결심을 하고 언덕을우에서 마지막 그의 얼굴을 흘깃 보고는 하는수없이 정과 사랑을 다 뒤에다 버리고 마렸다。어렵푸시 내 이름을 부르는 소리가 고개넘어에서 들니는듯 하였으나、이 고개를 다시 넘을 용기조차없었다。그냥 모른체하고 나는 앞으로 걸어갈때 내눈에서는 두줄기의 뜨거운 눈물이 흘러 나리였다。

고향을 떠나 새로운 연구에

무장경(武藏境)에 있는 석정(石井) 선생의 연구소에서 나는 내정성을 다해서 무용연구를 계속하였다。그것은 아주 죽을 힘을 다햇다。석정선생도 열심으로 나를 지도 해주었다。나는 선생이 가르처 주는것을 열심으로 배울뿐만이 아니라 나는 무엇이든지 새로운것을 연구하려는것을 이저버리지 않었다。

이러한 노력과 고심의 그날 그날을 지내는 가운데도 고향의 어머니께서는 슬푸고 격려하는 편지가 왔다。

『이곳 사람들은、우리집이 구차해서 딸을 기생으로 팔었다고들 수군거린다。너는 그여히 훌륭한 사람이 되여서、이러한 사람들을 네바란듯이 부끄럽게 해라』

나는 어머니의 편지를 가슴에 안꼬、뜨거운 눈물을 흘리면서 마음에 굳게 맹세하였다。

——『꼭、반듯이、훌륭한 무용가가되리라』고。

고향에 있는 오빠 승일씨는 나의몸을 격정하고 일심으로 격려하는、어느때나 즐거웁게하는 편지를 보냈다。무용에 대한 나의 연구는 열심과 노력으로서 점점 앞으로 나갔다。

또한 나는 이렇게도 생각해 보앗다。조선사람으로는 아직것 무용에 뜻을 둔 사람이 없다。나는 조선을 대표해서、향트의 전통(傳統)과 풍습을 다시 살리게하는 무용을 만드러 내야 하겠다고——。그래서 나는 나에게 맞기여진 커다란 책임과 높은 자랑을 생각하게 되였다。

이러한 나의 심중을 헤아리는 석정선생 부부는 나의 모든 어려운것을 다 돌보아주었다。그뿐만이 아니라 부모보담 더한 사랑으로서 나를지도하엿다。마음에 그리는 고향을 떠난 나에게 선생 부부는 조금도 애김없이 주신 그 뜨겁고 이해많은 지도로서、나는 가장 중요한 수업시대를 행복스럽게 지낼수 있었다。또한 선생이 무용에대한 그

정렬、곤난과 신고를 무릅쓰고 전진하는 그성의와 진실한 태도가 나에게 위대한 교훈을보이여 주었다。

이리해서 행복하고 비장한 수업의 삼년동안은 어느틈에 지나가 버리고 말었다.

독립 무용 연구소 건설

이때에 나의 정신에도 한가지 변화가 생기였다。 그것은 다른것이 아니라、독립해서 새로운 길을 거러가고 싶은 욕망이였다。 말하자면 금후로도 일층더 무용의 수업을 닥거 가고싶은 소원이、지금까지의 무용에 대한 흐미한 의심과、그래서 이것에 관련해서 새로운 무용을 만들겠다는 뜨거운 희망에서 생긴 정렬과 한가지로 내자신을 시험하기 위해서、사회의 거친물결속에 뛰여 들어가고싶은 충동이 생긴까닭이다。

소화 사년 칠월、나는 석정막선생의 문하를 떠날때、여러가지 일이 많었으나 나는 결코 선생을배반하려는 것은 아니였다。또한 경제적사정도안니며、그럼으로또한자기의 힘을 과대하게 평가 하려는 것도 아니었으며 더욱이 오빠나 그의 여러 사람들의 지도를 받은 까닭도 아니엿다。

그러나 그때가 마츰 석정선생이 눈병으로 고생을 하엿으며、그의 누의동생되는 「고나미」선생이 탈퇴 하든 때와 같은때에、내가。그곳에서 나오게된까닭으로 나는 어느때나 미안하고 마음 괴롭게 생각 하는바이다。그것을 일부의 사람들은 오해해서 무슨 별다른 의미로서 해석 한듯 하엿으나、만일 내가 나의생각만 한것이라면、「고나미」선생도 없는 은사의 문하에 남어 있었든것이 더 영니한 처사라고 생각 할수 있었을것이다。

석정선생을 떠나서 나는 그길노 서울노 급히왓다。그래서 무용의 새로운길을 개척 하기위해서、경성「로서아」영사관의 후원을 얻어 가지고 「로서아」에 연구의 길를 떠나려고 계획 하엿으나 불행이도 여러가지 사정으로 그만두게 되여서、하는수 없이 경성에다가 조고만하게 연구소를 설립하고、새로운 예술을 갖이 아니한 향토개척의 첫번의 발을 내여 놓려고 결심 하엿다。그러나 이곳에서 부터 골난의 길이 가로 노엿든것이다。

돌아다보건대 나의 열여덟살 되는 해엿다。

서울에는 머나먼 옛날로 부터 자랑 할만한 무용을 가지고 있었으나, 내가 보기에는 모다 황페(荒廢)한것에 불과 하였다。빛나든 과거의 유산(遺産)이나마 아주 보전 하지 못하고, 고전무용(古典舞踊)은 거진 없어진것과 같이 되여서, 다만 주석(酒席)에서 기생들이 겨우 그 그림자를 남길뿐이였다。

이러한 형편임을 보매, 나의 가슴은 의분과 함께 뜨거운 정렬이 타 올나왔다。나의 힘은 아직도 부족 하지만 고향에 새로운 무용을 그여히 건설하고 싶으며, 허문어저가는 고전무용을 어떻게던지 부활 시키려는 허망이 너무도 컸었다。

이러한 결심으로소화 오년 부터 칠년—즉 삼년동안에 아홉번의 신작무용을 발표하야 미숙하나마, 나의 겪은 일을 시작 하였다。

그러나 이것도 결코 평탄한 길은 아니였다。무용이라는 것에 대해서 이해가 젊은 사람들을 상대로, 새로운 무용을 건설 하려는것은, 아조 몽상이라고 생각하고 심한 환멸에 슬퍼올었다, 일년동안 괴로운 싸홈을 하였다 이러는 동안에 일반으로 영화와 연극의 관돌과 지지않게 무용에 대해서도 그수가 늘어서 갔다。즉 애호자가 늘어서갔다。우리들은 이곳에서 비로소 커다란 행복을 생각 하게 되였다。

그러나 이것은 정신적 방면에서 생각 하는바이며、물질적으로는 괴로움이 더 할뿐이였다。그원인은 경영비가 아조 부족 한 까닭이였다 연구생들에게도 월사금을 아니 받는것은 물논이지만、생활비로 부터 소소한 용돈 쓰는것 까지、내가 부담하게 되는까닭이였다。매우 괴로운 생활이였다。그러나 자기가 예술을 더럽히지 않으령으로、단독공연이외에는、어떠한 회에도 출연하지 않었다。

이러한 신렴에서 나는 조고마한 연구소를 삼년동안 지켜왔었다。그러다가 뜻밖에 소화 팔년의 봄・또다시 동경에 발을 들여 놓앗다。

결혼 전후

고향에 돌아와 있는동안에 나의 무용 생활에는 커다란 변화를 일으키는 결혼문제가 일어났다。나는 일상、나의 예술이 아직도 부족하고 미숙하며、또한 여성으로서의 자기가 얼마나 약한것을 잘 알고 있는까닭에、예술로나 생활로나 나를 잘 지도할 사람을 원하였다。그러나 내가 결혼을 하면 인기가 줄어질것이라고 걱정하고、나의 결혼을 반대한 사람들도 많었으나、나는 가령 인기가 떠러지드래도、여자로서、안해로서 또는 무용가로서、어디까지든지、참되게 살어갈 생각을 하고、소화칠년봄 나는 스무살때에 결혼하였다。남편은 그때 조도전대학 문학부에서 공부하면서、서울서 새로운 문학운동을 하고있었다。

조선에서 무대에 서는 여자면、거이 다 사나히의 작난감이 되여서、이사람에서 저사람으로 넘어 다니는 무절조한 생활을 하게되는 것이라고 생각하는 그러한 사람들에게 나의 결혼은 말없는 항의였었다。

결혼하고 나의 변한것은 무엇인가。결코 아모것도 변한것이 없다。오히려 무용에 대한 열정이 날이 갈사록 더 하여질뿐이다。

그러나 끝 잉태하야 얼마 아니해서 어머니가될것을 확실이 알게 될때에 나도 쥐지 않게 번뇌 하였마。안해로서、어머니로서 바른길을 걸어갈것과、무용가로서 무대에 나설 것이 서로 걸니는 일이 아니라면……만일 이것이 불가능한 일이라면……나는 착한안해 평범한 어머니의 길을 걸어가랴고 결심하였다。그러나 이 두갈래의 길은 반듯이 양립(兩立)하게되며、또는 양립 시키지 않으면 아니될것인줄로 생각하고 나는 변함없이 무용을 계속하였다。제오회에 작품을 발표할때는 임신(妊娠)칠개월의 무거운 몸으로 무사이 맞이였으나、이것은 지금 생각해도 매우 귀중한 경험이였다。

또다시 동경에

이야기가 다시 올나가는듯하나、나는 고향에 온후에도、기회만 있으면、언제든지 동경에 가려고 기다리고 있었다。날이 갈수록 이 욕망은 커지기 시작했다。제오회 발표회가 끝나면서 동경에 가려고 생각하였다。그래서 연구회을닫고 길들인 제자들을 다 해산 시켜버리였다。생각하면 과거 삼년동안의 괴로운 싸움이였다。그것을 생각하고 생각하면 눈물이 앞을 가릴뿐이였다。

마츰 그때이였다 사년동안 한번도 맞나지 못하였든 석정막 선생이 몇해만에, 또다시 경성에를 찾어서왔다。

그래서 나의 사정을 듣고、선생은 자진해서 나와 만나기를 약속하고、오빠와 남편과 한가지로 단독으로 동경가는것을 만류하고、석정선생의 문하로 돌아가기를 권하였다。그래서 선생을 곧 맞나서 그런 이야기를 하였드니、선생도 내 마음을 이해하고 허락해 주었다。

그래서 소화 팔년 삼월、나는 또다시 그리웁든 동경의 무대를 밟게된후、원 이년을 지나면서 옛날과 다름없는 여러가지 한탄과 골난을참고 견디였다。

그러나 이번에는 석정선생의 양해를 얻어서、구단회관(九段會舘)에 독립으로 조그마한 연구소를 만들었고、그후로 나는 여러번이나 신작 무용발표회를 열러서 많은 격려와 찬사를 받었다。그러나 나는 이곳에서 만족할수는없다。나의 갈길은 아직도 멀고 멀다。

아ㅣ 예술의 길은 멀구나!

出發前夜

이처지도 안는 昭和元年三月十九日 오후、이른봄 한낮이기울고 쌀쌀한바람이 옷깃으로 슴여들때 나는 기운없이 체부동 골목을 올나간다。

『내가 웨 나히가 적었든가 한살만 더ㅣ먹었드면』하고 혼자 속으로 중얼거리면서 집을 찾어들어가는길이다。 나는 나히 열여섯살이 되도록 오늘과같이 속상하고 화가난날은 없었다。 그래두 나는오늘 오전까지도

「오냐 나의적은힘으로도 능히집안을 구할수가있다、여자는 사람이 아닌가?나는 래년이나 후년이면 여교원이 되여서한달에 사십원이상수입이있다」 그러면 나는 불상하신 우리어머님ㅣ가여운언니(언니는 그때 불행한경우에 있었다)를 구하여가면서 오빠들과가치 집안을 구하기에 힘쓰겠다』

이렇게 늘 부르지었다。 그러고 참말이지 그런생각이 나는때이면 나는 마치 역사에서

배운 짠닥크』나 되는것과같이도 한없는용기가 용소슴하고 찬란한 희망의 소유자이였다。그러나 오늘와서는 그아름다운이상이 한토막의 꿈으로 돌아가고마니、나는 아현고개넘어 사범학교마당 (지금직업학교자리) 에서얼마나 울었는지 몰났었다。전차를 타고올때에도 길에걸어올때에도 울음이 복바처서 헐석주저않어 한바탕 울었으면 좋으련마는 그렇지도 못하고 나오는 울음을 억지로 참고 집으로 달리여갔다。

『참 오빠가 쌀이나 팔어왔나? 아츰에 어머님이 쌀이없다고 걱정을하셨는데』

이러한생각을 하면서 집대문을 들어섰다、방에 계신어머님이시며 마당에 있든 언니는 모도다ㅣ 반가워하면서

「어떻게 됐니?」

『조ㅣ미배가 곮으겠니? 그래붙었니?』

나는 여태것 참었든 울음이 복바처올나서 어머님앒에서는 어떠한 일이있든지 울지를 아니하랴고 결심을 하였것마는 어머님을 뵈오니 어찌나 설어운지 고만 어머니의 무릎

에 고개를 파묻고 느껴울었다、방안이 한참이나 고요하드니

『낙제를 한게로구나 그것도 다ㅣ운수지 하는수있니?』

하시면서 어머님이 따라우신다。언니도 우는모양이다。나는 엉엉울었다。세식구의 우는

소리가 방문밖까지 들니였든지

『왜 그래? 왜들그래?』

하면서 들어오는사람은 오빠이였다。

『얘 승희야 왜 우니?너ㅣ낙제하였구나 그랬기로 울긴 왜울어 예끼 못생긴것 어서

일어나』

근래에없든 오빠의명낭한목소리였다、우리는 눈물을 거두었다。

『너ㅣ낙제햇니?』

다시금 오빠는 내얼굴을 더려다보고 싱긋이 웃으며 뭇는다。사실 나는 그때오빠의얼

굴에 떠올으는ㅣ무슨 기뿐『뉴스』나 가지고온듯한 그ㅣ기뿜에 넘치는오빠의 얼굴ㅣ나는 여

때것 그때그얼굴을 잊이아니한다。

『낙제는 아니야』

나는 이렇게 대답하였다。 사실 나는 백명모집에 팔백육십명응모자중。 일곱재로 입격이 되였다。 그러면 그때 숙명여자고등보통학교 졸업생중에 우등생이 아홉명인데 내가여덜재로 우등졸업한데 비교하면 오히려 이사범학교 시험성적이 나흔편이였다。

모도들 감짝 놀나는모양이였다。

『그럼 왜 울어?』

오빠는 이렇게 물었다。

『나히가 적으니 일년만 놀다가 내년에 오래』

『허허허허』

『하하하하』

금방 방안은 웃음판이 되여버리였다。

『그렇지 그래 올에들어가서 이년후에 을종교원으로 임명이 된다고하드래도 나히 열여덜살이니 열여덜먹은 처녀가 어떻게 남의집 아해들을 아르키니? 다ㅣ고만두어라 승희야 자ㅣ내이야기나좀드러라』

『참 오빠 쌀팔어왔수?』

『응』

『또 양쌀이우』

『그래 무슨팔자에 이ㅣㅂ쌀을먹겟니』

사실 우리는 집안이 몰낙한이후 삼사년동안을 양쌀밥만먹었다。

『그런데 오빠가 한다든이야기는 무슨이야기우?』

『다른게 아니라 오늘 내가 도서관에 갔다가 경성일보를 보앗는데 말이야 일본내지서 무용가 석정막이가 왔는데 오늘부터 이틀동안을 공회당에서 공연회를 하게되였다고하며 그말에 자기는 조선을 처음왔는데 웬일인지 자기마음에 조선에는 예술가가많이 날것같다고하며 자기의 무용예술을 배우고자하는 조선에소녀가 있으면 두어사람데리고 갔으면 조켓다고하였드라』

『오빠 무용이란 무엇이요?』

하고 나는 오빠에게 물어보앗다 사실나는 고등녀학교는 졸업하였을망정 무용이란 어떠한것이라는것을 몰랐으며 물론나는 무용을 구경하여본적도 없었다。사실 똑바른 고백이지 나는 활동사진을 구경하러 극장에를 한번도 가보지못한때이였다 다만 무용이란춤이거니』이렇게만 생각하였든것이였다。

『무용이란 춤이지 그러고 예술이지 사람이 가진예술에 최고의역사를 가진예술이지』

그러나 나는 오빠의 대답을 해석 할수가없었다 다만 나는 예술가인오빠를 존경하니까 다만『그런것인가』하고 배워들뿐이였다。

어머님과 언니가 저녁밥을 지으러 나가신뒤에

『얘 승희야 너ㅣ따라가고 십지아니하냐?』

하고 어깨넘어로 오빠는 내게 물어본다。

『누구될요?』

『석정막이!』

나는 오빠의 얼굴만 한참동안이나 치여다보면서 아모대답도 하지못하였다。

『어쨋든 네가 무용이란 무엇인줄을 모르고는 대답을못할것이다。 그러나 나는 네가 그것을 배웠으면 네의체격으로 보아서나 네가 음악을 이해하는것으로 보아서나 네의머리을 생각하여보아서나 후일에 조선에있어서 한사람의훌륭한 창작무용가가 될줄로 나는 믿는다。 였재든 오늘밤 너ㅣ나하고 구경갈생각없니?』

『가요』

○

석정막무용회의밤ㅣ 이밤은 나의일생에있어서 가장 인상깊은밤이였다、 동라(銅鑼)의소리가 나자 불이 꺼지고 『제타진』을 통하야 『코발도』의빛과 『그린』의빛이 교착하는가운데 무슨곡조인지 장중한피아노의 『메로디』가 시작되면서 석정막씨의 독무『囚人』이 시작된다、 쇠사슬에 얽키여 무거운 거름으로 무대를 밟는 그의한발자욱 두발자욱—아—나는 그때 저것은 춤이 아니라 무엇을 표현하는 것이로구나 하고생각하였다。 나는 여태것 춤이란 기쁘고질거운때만 추는것이라고 믿었었다。 그러나 그는 지금에 무거운 괴로운것을 표현하면서 있다。 그러나 다음순간에 그는 그굵—은 쇠사슬을 끊고 하늘을 우러러 고개를들고 두팔을드러 환희를 표현하면서 무대에 거구러지고 만다。 다시금 동타는 울니면서 『스폿트』의광선은 꺼지며 장내의전기는 켜진다 그다음—춤은『登山』—젊은사나히와 젊은게집애는 높은산을 치여다보면서 올으고올는다。 그러나끝이 없는모양이다 둘이는 어깨를기대이고 쉬이기도하다가 또오르다가 아마 산꼭때기에 다다른모양이다 둘이는 싱긋이 웃는다 그러고 주저안는다、 나는 오빠에 어깨에다 나의어깨를 기대이면서

『정말 나는 배워볼터이예요』

하고 힘있게 말하였다。

『좋다 그러면 가자』

하고 대답한오빠는 나의손을이끌고 무대옆에 붙어있는 방으로 들어갔다。 거기에는 또 한개의 새로운세계가 내눈앞에 전개된다。 여기저기 무데기로 노은 춤출때입는의상——데에불우에 놓은거울—분、연지、물주전자——그리고 발가벗은 알몸둥아리의 처녀들 또 지금 막춤을 끝내고 들어온석정씨——그는 숨이 찬듯이 씨근거리면서 누구더러 무엇이라고한다。 오빠는 그에게 인사를 부치면서 나를소개한다。 그는 나를 한참이나 건너다보더니

『사전(寺田)씨 참으로 꿈이란 이상스러운것이예요 나는 어제밤꿈에 조선소녀라고 하는처녀 한사람을 만났었어요。 그런데 그는나를 작고 따라가겠다고해요 그래서 그러라고하고 잠을깬일이있었는데 참으로 이상스러운일이올시다。 어듸한번 이야기하여보아주세요 그러고 당신은 조선에 게신분이니까 당신이 보증을 한다고하면 나는 다려고가서 잘아리키겠세요 보아하니 자격은 훌륭합니다。』

방안에 있는사람외시선이 거의전부가 내게로 몰키인다。나는고개를 숙이고섰을뿐이였다 그때밖에서 또다시 동라의울리는소리가나면서 피아노와바이오린소리가난다。뒤미처 누가

『선생님——』

하고 부르는소리에석정씨는 무데로 뛰여나가버린다。

이러하야 우리는 사전씨라는이와가치 지하실식당에 마조안게되였다。

『나는 경성일보(京城日報)에 있는사람인데 당신이 석정씨를 따라가서 무용을배우겠다 고하니 그동기가 어더있읍니까? 사람이란 무슨일을 하랴면 먼저 그동기가 있을것이 고 둘재는 근거가 굳어야 할것이 아니얘요?』

이말대답은 오빠가 죄다하였다。오빠는 동경있을때부터 석정씨의예술을 잘안다는것과 또 그가 독일갔다가 일본내지에돌아와서는 어떠한정신으로 일본내지에있어서의 신무용운 동을 한다는것도 잘안다는말이며 따라서오빠는 석정막씨를 경모하고있었든차에 오늘 경 성일보를보고 나를보구 배우라고 말하였다는것과 또 오빠가 나를 어떻게 본다는것이며

또 조선에신무용운동이란 전혀 처녀지라는말을하면서 될수있으면 사전씨(寺田氏)가 잘주선하여 가서배우도록하여달라는 부탁을하고 그러면 내일아츰 본정 부지화(不知火)여관에서만나자는약속을하고 집으로돌아왔다。

그날밤 나는 고생고생 잠을 이루지못하였다。

『내가 단신으로 그를따라가——내가 무용을 배우면 훌륭한무용가가 될수가있을까? 그러고 제일 어려운문제가 아버지 어머님이 허락을 하여주실까 도망? 아니』

『그러나 아까 오빠와내가 공회당으로부터 집으로 돌아올때 거러온걸음은 행복과 히망을 안고서 거러오는 걸음거리가 아니였드냐?』

나는 빙긋이 나혼자 웃으면서 돌아누어 잠이들었다。

이틀날아츰 오빠와나와는 어머님께 어되를간다는이야기며 어제밤이야기는 하지아니하고 본정으로 향하였다。

「옹 어제밤 사전씨에게 이야기는 다—드렸지 매우 갸륵한일이야 그러나 고등여학교를 졸업하고 무용을 배우겠다고하면 아버님은 좀놀내실걸 엇재든 그렇게 열심이라니 더구나 음악을 좋아한다고하니 그러면 내ㅣ집에서는 무용을 아르키고 또 음악학교도 보내주지 물론학비는 무료이고——』

아ㅣ이외에 더반가웁고 고마운말이 또 어데있으랴? 나는기쁨에넘치고 넘처서 눈물이 나오랴는것을 억지로참었다

『그러나 부모님허락은 게서야될걸 내가 남에집따님을 데리고갈때 부모님께 부탁은 받고 가야하니까』

그러나 이말을 드른나는 자신이 있다고생각하였다。 그는 나를음악학교에도 보내준다고 하였다。

○

『어머니』

『웨』

『나ㅣ일본내지로갈까?』

『그게 무슨소리냐?어떻게?』

오빠는 내대신 자서한말슴을 어머님께 엿주었다。

「난 몰으겠다 너의들이 알아할일이지 그러나 저ㅣ어린것이 일본내지가 다 무엇이냐?

그러고 아버님이 어찌 생각하시는지 알수가있니?』

『아버지도 물론 찬성하실터이지 무어 음악학교에까지 보내준다는데』

『그러나 누가 아니 믿을수가있니』

하시면서 눈물어리신어머님은 또 우시기를 시작하신다。

아니나다를까 저녁때 돌아오신아버님은 그말슴을 드르시드니

『원 춤이라는게 다무엇이냐? 춤이란 너ㅣ아니 기생들이나 추는거야』

여기대해서 아버님과 오빠는한참이나 의론이 분분하시였다, 아버님은 일년만 더ㅣ놀려다가 사범학교에를 보내는게 옳다하시고 오빠는 조선에있어서 여교원노릇은 다른분이 하

실분이 많이있으니까 조선예술계를 위하야 선구자적태도를 취하는게 옳다고하야결국 『그러면 숭희를 맡어아르키든 성선생(성의경씨)이나 김선생(김영환씨)을 만나서 의론을 하여서하라고하야 결론이났다 그리하야 오빠와 나는 숙명학교로 성선생과 김선생을 찾어갔다、김선생은

『무용도 예술이니까 상관없겠지요』

하셨으며 성선생은

『그러지안어도 그애가 재조도있고 장래성이있어서 내년에는 교비생으로 동경 으로 사범학교나 음악학교에 보낼랴고하든차인데 부형이 그렇게 하신다는데 반대야하겠읍니까마는——。』

이러한대답 이 시였다。나는 사실 주저하였다 선생님들이 다ㅣ 절대찬성이 아니시기때문이였다 나를 십년동안이나 아르키시고 길너내이신 선생님들이 그렇게 찬성하시는 눈치가 없으실때 나는 어느정도까지 용기가 주러진것은 사실이였다。

그러나 학교의정문을 나서서 집으로 거러오는길에 오빠는

『주저하지말고 나가거라 한번정하엿거든 겻눈질하지말고 나가거라』

이와같이 나를격려하였다。 그렇타 나는 가야하겠다。 나는 지금오빠의말이라면 무엇이든지 옳은말이고 오빠가 하는행동이면 무엇이든지 좋다고 생각하고 잇지를 아니하냐?

나는 가야겠다、 나는 속으로 이렇게 부르지즈면서 나는 부용화신은 나의발길로 길까에 돌뿌리를 찻다。

『아버지 성선생이랑 김선생이랑 다ー찬성이애요』

나는 나의하는말이 거진말인지정말인지도 모르면서 이렇게 말하였다。

『그러면 좋다 가보렴으나』

『그런데 애야 갈때 옷은 무엇을 입고간단말이냐?』

눈물이 어리신눈으로 나를건너다보시면서 어머님은 옷걱정을하신다。

『조선옷이라도 괜찬태요。 가서양복해준대요』

나는 이렇게 대답하였다。

『떠나기는 언제 떠나니?』

『내일아츰에요』

『뭐?』

하시면서 아버님도 서어하시는 신관이시고 어머님은 거진 놀내이시는 얼굴이시다。

『그런데 오늘밤에 아버님이 석정씨를 만나세서 말슴을하여주세요。 석정씨가 아버님의 허락이게서야한대요』

『응 그럴테지』

이리하야 그날밤 아버님과 석정씨 그리고 사전씨와 오빠——나——우리는 한자리에앉어서 아버님이 석정씨에게 부탁하시는말슴 또 석정씨가 아버님께 하시는 말슴——오빠의통역으로 오고 가고 하였다。

○

오늘은 떠나는날이다.

昭和六年三月廿一日의 아츰 이날은 비록 이른 봄아츰이것마는 안개가 끼이고 날이음산하야 쓸쓸한아츰이였다。우리집안의 공기는 새벽부터 우울한 그 보다도 슬픈날이였다

『돈이없어서 자식을더ㅣ공부시키지못하고 남에게 매끼여보내다니』하시면서 한탄을하시면서 담배만 태우시고앉어게신아버님! 어련것이 어떻게 그ㅣ먼데가서 공부나 잘할는지? 몸이나성할는지 일본내지에는 방에 불도 아니때인다는데 춥지나 아니할는지? 하시면서 우시기만하시는어머니! 그러나 오빠 혼자만이 그기분——그분위기를 될수있는대로 명랑하게 하여보랴고 웃우운소리도하고 아버님!어머님!하면서 일없이 부르기도하고 안밖으로 왔다갔다한다。

『우리는 가는것이 보기 싫여서 정거장에도 아니나가겠다』

아버님의 말슴이시다

경성역에『푸라트폼』——기차는가로 노여있다. 석정씨의 일행은 짐받어놓기에 분주하여

있고 나는 창문안—오빠는 창문밖—

『가거든 편지나 자조하여라。그러고 열심이 —— 알었지!』

나는 아모말없이 고개만 끄덕거렸다、그러나 나는 울었다。왜 그것은 나도모른다、아버님의품안을 떠나기가설어워서? 아니—그러면 혼자가기가 무서워서? 아니—그러면 왜? 나는 그감정은 모른다、다만슬푸기만하다 『푸라트폼』기둥에 달닌종이운다。차장이손을든다 그러고 오빠는 바로내앞에서서 모자를 버서든다。그러나 저게 웬일이냐? 저편 층게우에서 어머님이 달려내려오시지를아니하느냐? 그러고 그뒤에는 손선생하고 임선생이 달려오시지를아니하느냐? 그러나 기차는 움지기기 시작한다。그러고 석정씨는 나의어깨에 손을언고 내여다본다。

그리하야 기차는 눈물과불안과 어머님의『안돼안돼』『내려라 내려라』하고 부르지지고 우시는가운데 남으로 남으로 진행하고있다。나종에 알고보니 두선생님이 어머님을 모시고나와서 나를 붓잡어내리라고 하였든것이였다。

누이에게 주는 편지

崔承一

承喜야! 지금은 밤이다。달밤이다 첫겨울에 달밤이다。초가집니엉에부됫는 겨울밤의우수수하는 바람소리에 문풍지가 운다。

겨울이 오면 입때 그때일이 생각난다。너는 그때일이라니 어느때 무슨일인가 하겠지마는 네가열다섯살적 숙명여자고등보통학교사학년때이다。겨울의 어느날치운밤——나는 그날 얼마아니되는원고료를 개벽사(開闢社)차청오(車靑吾)씨에게서 받아가지고 회월(懷月)군과 선술몇잔을마시고 올나오는길에 양쌀(대만미)두말과 꽛두되를 사가지고 적선동어느잡화상에서 검은양말한켤레를 사가지고 또 적선동(목욕탕)건너 과자가가에서「못지떡」이십전어치를사가지고 그러저럭 열시나되여 집에를 들어가니 집안이 다—고요하여 나는 들

어가는길로

『숭희야』『숭희야』하고 너를불렀다。 그랬드니 너는 『네』하고 이러나면서 남포불을 도두는가보드라。 아ㅣ그때 우리는 전기도못켜고 남포불을 켜었었다。 어머니는 어두운마루로 나오면서 쌀을받아 쌀독에다부으시고 우리사남매는 남포불앞에 모여앉었었다。

『영희야 (나의큰누이동생) 너는 이양말을신어라 그러고 승희! 너는 이못지떡을먹어라』

나는 그날밤 두누이동생이 원을풀어주었느니라고 생가한다。 웨? 몇일전부터 영희는 양말이 『빵구』가나서 조각을대여신다못하야 한숨을쉬이는것을 보았고 너는 『아이 못지떡좀 먹었으면』하고 생글생글웃든생각이 났기때문이다。

『오빠 또 술먹었구료 오빠가 술먹는날이면 나는 존날이야』

『웨』

『날 머 사다주니까 그렇지』

모도들 웃었다。

그러나 조금있다가 『못지떡』을먹고있든 너의눈에서는 눈물이 도는듯하면서

『오빠 나는 내월부터학교에서 월사금을 면제해준대 그래서 나는 학교뒷마당에서 한참이나 울었어』

『울기는 왜 울어 월사금안내고—좀 좋으냐 우대생이로구나 누가그러든』

『아이 오빠두 성선생(성의경선생)이 그리서요 그런데 작고만 눈물이떠러지겠지』

『잘울었다 그것이 차차 세상을알어가는 울음이니라』

『그런데 오빠 나는 대관절 내년에 졸업을하면 무엇을하면 좋겠수』

『너는 무엇을 하였으면 좋겠다고 생각되니?』

『음악학교』

『그러치 너는 노래를 잘부르고 율동체조를 잘하겠다 감안이 있거라 내가 다생각이 있다』

『무슨생각?』

『승희야 너ㅣ좀 드러볼내 네가아직 내말을 알아드를수가 있을나고。그러나 오늘 내처음으로 너한테말하여보지 나는 지금 소설을쓰고 이야기를 번역하야 어느달에는 한사오십원의 수입도있다。그러나 그것을 가지고는 도저히 부모를뫼시고 처자를 거느리지를 못하리라고 생각이되니、나는 머지않어 엉청된노동을 하지아니하면 아니되리라고 생각이된다。만일 그렇게 된다면 내가 예술에대한 노력은 적어지고생활을위하야 다른「에네르기」을 짜내여야될것이다。그리하야 완전히월급쟁이 살님군이 되고야말것이다。그러고 그다음 너의형은 사상이나 됨됨이가 남의집주부감이니 나는 손도대이지않겠다。그러고 너의자근오빠는 벌서 중학교에 단기는 몸으로처자가있다。그런데다가 우리집안에돈이없다。그러니 졸업을하면 그날부터 다만 몇푼짜리품파리나마 하여야만될 형편이다。그러면 다만남어지는 너한사람이다。가만히 있거라 사람이란『찬스』가 있는것이다 내년봄을 기대리자』

그리하야 너는 이듬해봄 석정막(石井漠)씨를 따라가게된것이였다。

○

삼년이 지난어느달어느날 나는너에게서 이런편지를 받은것을 기억한다。

『——전략—— 오빠! 저는 요사히 무용예술(舞踊藝術)이란 어떠한것이라는것과 예술가의 양심(良心)이라는것을 깨다라잡니다。 그것은 이런데서 발견이됩니다。 석정선생이 처음 독일에서 돌아와 산전경작(山田耕作)씨의 반주로、 안무(按舞)된작품과 요사히 맨드는작품의 차이가 웨그다지도 그정신(精神)그감흥(感興)이다릅니까? 저는 차차 석정선생에게 환멸(幻滅)을 느끼여갑니다。 요사히 그의예술에는 시(詩)가없어요 그것도 무리는않입니다。 그는춤을추어서 수십명식구가 먹고살어야합니다。 집이없으니 집을지어야합니다。 그러나 저는 인제는 더-있을수가없읍니다。 제마음은 요사히마치 광솔불과같이 탑니다。 로시아에 제실무용학교(帝室舞踊學校)에서 울어난 전통적무용(傳統的舞踊)을 부수어버리고 민중(民衆)의힘과 노동(勞働)의 시(詩)가 무용화(舞踊化)된예술을 보고싶읍니다。 그러고득일의 워크맨의무용-이사도라당캉이나 이진스키의 음악에 종속화(從屬化)된무용을 박차

버리고 무용독자(舞踊獨自)의 생명을 가진음악이없는그의 무용을 보고싶어요。오빠!이것이 나쁜생각일까요 제게는 너무도 일늘까요?편지하여주세요——후략——』

이리하야 몇달이 못되여 너는집으로 돌아와가지고 열여덜살된몸으로 로서아를 가랴고 로서아영사관에있든 김온(金馧)군을 통하야 노서아행을 운동을하였었지 그러나 그것이 뜻과같지 아니하야 고시정(古市町)언덕에다 연구소(研究所)문패를 붙이고 대담하게 안무(按舞)를 하여보았것다——너생각나니?깊은밤고요한방에 너는 내앞에서 크라이슬러의『인듸안・라멘트』을 눈물을 흘리여가면서 안무하든생각을——로서아로 가랴든 정열(情熱)을 우리는 그날그밤에『인듸안・라멘트』메로듸우에다언첫었것다。

○

몇칠전에 나는 신문에 발표된너의양행설(洋行說)을 보았다。그러고 나는 그날밤 웬일인지 밤이깊도록 잠을 이루지못하였다。그것은 아마 너무나 반갑고 기쁨을 이기지못하야 거의 흥분까지 된 긴장된심경(心境)에 이르기때문이 않인가하고 생각한다。그러고 일전에 나는 너에게서 이러한편지를 받었다。

『오빠! 저는 요사히 몸성히 잘다니기는 합니다마는 웬일인지때로는 공포(恐怖)를 느낌니다。그것은 제의 건강(健康)입니다。오빠도 신문이나 잡지에난것을 보셨겠지만 스기야마(杉山平助)써나개조(改造)사에 야마모도(川本)써 같은분은 저더러 보통사람의 일하는삼배(三倍)는한다고합니다。사실 저는 그만큼 바쁨니다。이러다가 저는 혹시 무대우에서 격구러지면 어찌하나 하고 걱정이됩니다 그러나 일본전국에 가는곳마다 환영이고 격려이니 그럴때마다 저는『내가 조선사람이라』는것이 생각될때 한편으로 눈물겨웁게 기쁨을 느끼기도하고 따라서 어떠한일이있든지 나는 폭탄(爆彈)과같은위대한 정렬을가젓다는것을 그들에게 끝까지 내가 격구러질때까지 보여주고싶읍니다』

이틀이 지난후 너는 또다시 나에게 이런편지를 주었지——

『오빠!오빠 나의 존경하는오빠! 기뻐하여주십시요 신문보다는 제편지가 늦게갑니다마는 저는 명년봄에 바라고 바라든 지구(地球)의동편에서 동편으로 일주(一週)를 하게되였읍니다。 후원이라고는 철도성관광국(鐵道省觀光局)뿐입니다。 물론물질적후원자는 없읍니다。 저는 가방한아를 손에다들고 동양(東洋)의 「리듬」을 몸에다 지니고서 지구를 한바퀴 돌작정이올시다。 여기는 구레(吳)시입니다。 바다에 뜬 큰군함(軍艦)을 볼때에 사람의「힘」의큼을 알수가있읍니다。 그러고 함상(艦上)에 걸리여있는 대포(大砲)의 포구(砲口)는 창공(蒼空)을향하야 기운차게 팔뚝질하고있읍니다。 군함은 나라를위하야 싸홈이다。 그러나 나는 조선의『리듬』—— 크게 말하면 동양의『리듬』을 가지고 서양으로 싸홈을 하러건너갑니다。 아—나는 기쁩니다。 용기백배(勇氣百倍)입니다。 그러나 한가지 의심되는것은 저는 제자신이 확실히 조선의호흡—— 조선의『리듬』을 가지고있는지 그것이의문입니다。 저도 제가 조선사람인바에야 조선의혼(魂)—— 조선의「리듬」은 있었으리라고 생각합니다마는—— 오빠 저는 생각해요 어떤경우라도 민족(民族)은 망하지 아니하고 그민족의 예술(藝術)도 결단코 망(亡)하지를안는다고요 애급(埃及)이망(亡)하였으나 그민족과 그민족의예술은 망하지 아니하였으며 유태(猶太)는 망하였으나 그민족은 말하지않이하엿읍니다。——후략』

좋다 그것이다 나는 네말에 수긍(首肯)된다。네가 한말을 나는일전에 대판조일신문에서 동경의 시인(詩人)야구치요네지로(野口米次郞)씨와 중국의 소설가 노신(魯迅)씨의 회담중(會談中)에서 발견하엿다。

『——전략——중국이 망할지라도 국가는 망하여도 민족은 영원히 아니망한다』

이렇게 그는 말하엿다。그렇다 이제 우리조선은 최승희라는 한사람의 조선민족을 세계무대(世界舞臺)에 내여놓게 되엿다는것을 나는 다시재인식(再認識)하여야 할줄로안다。

그리고 네가 조선의『리듬』을 어느정도까지 가젓느냐는것이 의문인줄로 아는모양이나 나는 이렇게생각한다。그런제일가 나와나는 석정막씨의『카미카듀어』라는 제목으로 조선옷을입고 추는춤을보고서 대단히 불유쾌하게생각하야 곧 이기세(李基世)씨와 의론하야 가야금 산조진양중모리에다가 안무하야『우리들의 카미카듀어』라는제목으로 내보서는 처음으로『조선리듬』에 춤을 추지아니하엿느냐 그때 일반의평판도 좋앗지마는 나는 그때

『너는조선의딸이다』하고 마음속으로 기뻐하였다。왜? 너는 결코 그때까지 조선춤이라고는 구경도한적이없었다 그런데도 불구하고 나오는춤가락이 다소『맴보』가 빨으고 몸쓰는것이머는 양무(洋舞)의 기본연습(基本練習)에서 울어나온것도 있었지마는 그것이오히려 나는 좋다고생각되였다。왜그런고하니 가무기(歌舞技)하면 삼백년전의 가무기와는 그형태가 다르다。그것은 역사의 진화(進化)를 따라가기 때문이다。그러므로 우리가 아모리 조선『리듬』하드래도 오백년전조선『리듬』과지금의조선의『리듬』하고는 아지못할변화가 있으리라고 믿으며 또있어야될것이라고 생각한다。

그러나 한가지 네가 조심할일이있으니 그것은 요즈음 네의명성이세상에 떨치며 예술가로서의 가지기쉬운 자만심——자존심이 때로는예술가로써 예만히 위험한탈선을하기쉬운것이니 그것을 너는 조심할바이며 머구나 빠지기 쉬운일이다。우리는 과거에 그러한예를 얼마나많이보았니 너는 총명한아해라 결코 그럴리가 없으리라고 믿는다마는——그러고또한가지 거미키는일은 요사히『최승희는 조선을 팔어먹는다』이러한『떼마』가돈다。이것은가장 중대하다면 중대한문제이니 웨 그런『데마』가 나느냐하면 동경에서 조선춤을 추어서 그것이 평판이 좋다는말이나서 어찌어찌해서 그런말이 나게된것이라고 나는생각한다。 그러나 예술가로서 자기민족적유산(民族的遺產)을 정당하게 게승하고 이해하야 그것을 예술화(藝術化)하는것이 예술가의할일이며 큰일이라고 생각한다。 그리하야 그것이민족예술(民族藝術)이되는 동시에또한『인터내쇼날예술』이 되는것이라고 생각한다。

여기까지 쓰고나니 벌서 밤은가고 새벽이로구나 지금은 새벽두시 나는 잠자는 어린것들틈에 끼여서 이편지를 끄적거리고있지마는 너는지금쯤 어느곳——어느여관에서 찬꿈을 이루는지 아마도 오늘은사국(四國)덕도(德島)시쯤되리라고 생각한다。 아ㅣ나는 너를생각할때 참으로 적막(寂寞)하다。 너는『웨 적막이라니 벼란간에 오빠두!』하리라마는 이적막이란 무엇이라고 형언할수없는 적막이다。 이ㅣ지금의 나의심경(心境)은 너도모르리라 지금에 세계를 무대로삼고 발랄(潑溂)하게진출(進出)하는 너에게 대하야 나는왜 이러한 감정을 갖게되느냐 지금이고요한ㅣ쓸쓸한 겨울새벽이라그런지 내마음을나도알수없이 서운

하다。 그뿐이랴 언제인가 내편지보고 네가 나한테 보낸 답장속에 『오빠는 너무도 세속화(世俗化)하여갑니다』 라는 이한마디 나는참으로 슬펐다。 그러나 나는 참는다。 그러고 기뻐한다。 이ㅡ형의세속화란 내가 너와 고시정에서 무용연구소간판을 붙었을때ㅡ 그때 이삼년동안 너를데리고 있었을그때 나는각오한바이다。 그러면 그대신 이 형은 명낭(明朗)하고 상쾌(爽快)하고 기뿐감정을 어디서 보충을하겠느냐——。

그것은 네가 열여덟살적에 동경에서 준편지중에 한구절

『석정선생은 요사이 그가 창작한 무용에는 시(詩)가없어요 그는 돈을생각해요』

기탄없는 이런말과 또 요전에나에게 준편지중에 한마디

『나는조선의『리듬』ㅡ크게 하면 동양의『리듬』을 가지고 피나리보찜 질머지고 지구의 이끝에서 저끝까지 거러보렵니다』

라는 이한마디——나는 이러한기、、특한누、、이동、、생을 두었다는행복을 한없이 느끼는것이다。

너무 길었다。 또쓰마 나도 늘근심하는것이 너의건강이다。 그러고어데를가든지 아모쪼록

자중(自重)하고 겸손(謙遜)하여주기를바란다。그리고 너는『조선의딸』이라는것을 잊어서는 아니된다。

끗으로 네가 지구를돌아 조선을 차저올때엔『무엇을 어떻게 가저오느냐』── 그것이 이 오랍비에게는 큰기대(期待)이다。

兄弟에게 보내는 글

崔 承 喜

자긔의 예술에 대해서 말하지않으면 안된다는것은 나와가치 아직 미완성(未完成)의 무용가에게는 한가지 고통일수는 있어도 결코 행복스러운 일은 않일것입니다。

그렇치만 구태여 내가 자기의무용에 대해서 말하게 되는것은 여러 감상자(鑑賞者)들에게 행해서 자기작품속에 그어떤 독창성에 대해서 리해를 강요 한다는것이 않이고다만 이러한 감상자들에게 한갓 정당한 비판의 재료만이라도 되여준다면 다행일것입니다。

○

나는 양풍(洋風)무용과 같이 조선무용을 그의 레파-트리로 하고있지만 나의 이 양풍무용에 대한말은 저윽히 삼갈야고 합니다。

다만 나의 무용의 아직 이르지못한점에 대해서에 많은 평(評)인ㅣ가느다란 정서(情緖)나 예술상의암형(暗影)의 부족이나 또는 섬세(纖細)한 테크닉크의 결합등 이모든것의 확득에 노력할랴고 합니다。

선천적으로 타고난 남보담 큰육체를 갖었다는것이 가느다란 정서를 부족하게 맨든 필연적결과라는것을 생각하면 이는 무용가로서의 가장 큰슬픔의 한가지라고 생각합니다。

사실에 있어서 나의 무용이란 그것이 아무런 독창적(獨創的)의것이않이고 다만 서구(西歐)무용의 형식적 모방에 지나지 못할는지도 몰을것입니다。

쿠로잇쯔뻴그의 무용에 의해서 비판적으로 그것을받어 드렷고 사가룹호적 요소가 그냥 배열(配列)되여 표현되였다고 하면 그것은 나갈은 젊은무용가에게는 그러한 무용에 자립성(自立性)과의 거리가먼것을 의미하는 것이겠읍니다。

자기의 무용을 풍부화 시킨다는것은 여러가지 다른 무용의배열을 의미하는것이 않이고 자기 무용의표현성의확대와 깊이와넓이와 큰것에확득을 의미하는것은 않일가요? 창조적인 또는사립적인것은 다만예전부터 있어 온 진기(珍奇)한것만을 추구(追求)하는 것이아니고 자기의 무용으로 하야금 자기가 속(屬)해있는 생활에 적응(適應)과 자기의 육체의 가능성우에 서서『자기』형성의 확득에 있다고생각합니다。

○

다음에 내가 조선풍 무용을 자기의 레파ㅣ토리속에 넣는 리유는결국에있어서 조선의 무용을 널리외국에다 비록 절눔발리로 끄을니여 가면서라도 그의 싯포에라도 붙이여서 따라가게 할야는데에 있읍니다。

그러나 이일은 내가 생각하는바와같이 그렇게 쉽게 되는일은 않일것입니다。

조선은 오래인 옛날 자기의 훌륭한 무용을 가지고있는듯 하지마는 후세에 내려오면서 이땅의 자손들은 소동파(蘇東坡)나 두보(杜甫)나 이태백(李太白)등을 옛날추억가운데서 암중모삭할줄은 알면서도 손 가차이있는 자기겨래의 우수한 예술 유산에 대해서는 다만모멸의 눈동자를 돌릴뿐이였읍니다。

그러하였기때문에 오늘날에와서는 조선의 무용이란 겨우 그 빈사(瀕死)의 자태를「기생들에게 의하야 주석(酒席)같은데서 유행되고있는 이외에는 무용이라고 할만한 존재도 그러고 거기에대한 문헌도 아무런것도 남어 있는것이라고는 찾어볼수없는 현상입니다。

한사람에 아루헨데이나 한사람의 기구고로(菊五郎)도 못갖었으며 이러다할만한 무용가라고는 하나도없는 이땅에 무용의 현장에있어서 나의고데예술의 재흥이란 그렇게 생각하는바와는 퍽으나 곤란하고 복잡할것입니다。

○

나의 조선풍 무용이란것은 조선에 남어있는 적은것을 소재(素材)로 삼는다든지 또는 혹 창조하여서 무데우에서 이를 소화하랴는것에 지나지못하는것입니다。

그러고 나의 이와 같은 민족(民族)무용의 양식화에 대하야 혹 어떤사람은 그에대한 아무런 독자성이나 창조성을 인증치 않을것입니다。 나의 이 양식화에 방법이란、스페인

무용에있어서 아루헨데이나적 방법이나 인도 무용에 있어서의 우、데ㅣ、상、가ㅣ적、 방법에의 형식적 모방일넌지는 몰읍니다。 그러나 이두선배(先輩)의 방법은 나에게 있어서 가장귀중한 국제적 경험일것입니다。

아직도 나의 조선풍무용이란것이 완성의 영역을 버서나지 못한데에 틀림이없을것입니다마는 나는 나의무용속에서 동양적인 빛(色)과 내음새(香氣)을 캐내여보고 찾어보자는데에 있는것입니다。

또한 그곳에 나의 예술의 본의가 숨어 있는것이며 내가 일생을바치고 거러나갈 길인줄압니다。

나의 이 동양적인 무용에 대해서의 많은 여러가지의 평은 나의무용이란것이 과연창조적인 것이냐 또는 그렇지않고 옛적부터 존재해있는것의 단순한 아렌지멘트에 지나지못하는것이 않이냐하는데 대한해석의 상위(相違)에서부터 오는것이 않일까합니다

○

최후에 나는 근대무용이란 것과 민족무용의 양식화 된것과의 거리를 얼마간이라도 단축시킬수가 있다고 생각합니다。

이것을 가지고 지금 동경 관서(關西)등 여러곳에서 그발표회를 가지게 됨에 임하야 위선 몇마듸말을 듸리는것입니다。

×

또한 나는 동경 사회는 물론이며 널니는일본전국의 민중으로부터분수에 넘치는 열열한성원과 기대밑에서 내가 일직부터 이상하고바라든「세계무대」에로의 나설 기회를 언게됨에 나의 가슴은 무한이뛰놀며 퍽으나 흥분과 기대가운데서 그날을 기대리고 있읍니다。

이 기회야말로 또한 나의 무용수도(修道)에있어서 가장 귀중하고그중요한 시기일것입니다。

나는 이번길에 세계무대에 나서서 세계 각국의 모든 무용을 똑바로 배우겠읍니다。

또한 그속에서 나의 무용의 창조성을 발전하고 자립성을 발커보겠읍니다。

따라서 나는 이기회에 널리 세계무대에 조선무용의민속(民俗)무용으로서의 양식화를 세계인에게 보여주겠읍니다。

그러고 우리 동양적의 빛과 내음새를 세계인에게 보여줄 것으로믿습니다。

지금부터 벌서 나의 전신의 근육은 긴장되고 있읍니다。

苦惱의 表現

崔承喜

나의 發表會는 지난 十月二十二日에 연것이 두번째입니다마는 舞踊家의 煩悶이라고 할는지요 참으로 發表會를 앞두고는 밤에 잠이아니옵니다。더욱이요즈음은 映畵에도 손을 대고해서 눈코를 뜰새가 없어 研究가 맘먹은대로아니됩니다。그래서 더욱이 애가 탑니다。第一回때에 분에넘치는 評判을 받었었느니만치 이번 公演은 내게 더욱 重大하였읍니다。

第一回以來 相當한 時日이 지낸만큼 그만치 나의藝術의進境을 보여야만 할것이니 남이모르는 苦心과애와 焦燥가 여기있는것입니다。참으로 幸福하다고만 말할수없는 生活이지요。弟子걱정、내걱정、집안걱정、하로도 맘을 놓을날이 없읍니다。

내가 朝鮮사람 이라는 것은 萬事에對해서 더욱 나를 自重시킵니다。故土를 代表할만한 위인은 못되지마는、어떻든 舞踊에는 나하나밖에없지않읍니까……。

내가 舞踊의길로 나슨動機는、石井漠先生의 公演을 서울서보고 感激한때부터입니다。그전부터 춤을 좋아는 했지마는 이것으로 一生의 目標를 삼으리라고 決心한것은 그때입니다。漠先生의춤에 魅惑한것은 그어두운것입니다。「囚人」이라든가「메랑고리ー」라든가 人生의苦惱를表現한 억센힘이였읍니다。오랜동안 崎嶇한運命에 시달니든 朝鮮民族의苦惱를 舞踊을빌려서 세상에 呼訴하고싶은생각이 그때조고만 내가슴에도 하나가득찻었든것입니다그뒤 漠先生의슬하에 三年半동안을있었읍니다。그동안 나는 寢食을잃고 공부를하였읍니다그야말로 피투성이가되여……시방생각해도 어서그런熱心이 생겼었던가하고 感服할지경입니다。내 性質은 퍽 積極的이여서 무엇이든 한번 맘을먹으면 꼭 하고야마는 情熱이 그때내게 있었든것입니다。勿論 시방도 藝術에關한限、넘치는情熱을 가지고있다고 생각합니다

요즈음 漠先生께서 나더러 民族意識이 너머 强하다고 말했다고 야단들인데 그 전만

듯이않읍니다。「崔承喜는 西洋舞踊을 本領으로할것이고 너무 朝鮮舞踊에 쏠려서는 안된다」는것입니다。그것을 누가 주서듣고 曲解한것이겠지요。

내가 朝鮮胎生이라는 핸디캡을逆用해서 宣傳効果를 내고있는듯이 誤解를하면 困難하겠어서 앞으로의 公演에는 朝鮮것을 좀주릴생각입니다。

내가 實力以上으로 有名해진듯한 느낌이들어서 한편 슬푸으기도하고 한편 무섭기도 합니다。시방 世評이 眞情으로 나의藝術의 힘에의한것이라면 그얼마나 기뿐일이겠읍니까마는、아모리 뽐내보아도 그렇게는 생각이들지를 않읍니다。무어니무어니해도 今後의藝術이 不安스럽고 겁이납니다。그러므로 힘껏힘껏 努力을해서 만약 시방 人氣의半이 一種의流行인 헛것이라하드래도、남저지 半을 나의 藝術의 참된支援者를 만들작정으로 專心精力하고 있읍니다마는、역시 女子는 할수없는가봅니다、도모지 大膽해지지를 못하니……。

朝鮮舞踊으로말하면 元來 퍽 原始的인것인데 線이 고은것이 特色입니다 일본무용처럼 部分的인 움지김이 아니고 全身을 놀리는 美가 있읍니다。그러나 아깝게도 單純하고 內

容이 貧弱한것이 험입니다。시방 내가 추는것은 모다、어렸을적에 본것들입니다。妓生춤도 그렇고 民族舞踊도 그렇고 朝鮮舞踊을 發表는 갓 했읍니다마는 벌서전부터 생각해내려온것들입니다。

民俗舞踊으로서 獨創的境地를 展開해나가기위하야、本領인 西洋舞踊가운데 그 民俗舞踊를 잘 째넣어야만되므로 거기 나의 苦心이 있읍니다。鄕土를 지나치케 사랑하는남어지넘우 그리쏠니여 邪道에빠저서는 아니되겠으므로 항상 나의마음의고삐를 단단이잡고있읍니다。그렇지마는 洋舞踊家로서의 技巧를깨트리지 안는限、優越한鄕土藝術을세상에 紹介하는것이 나의使命이라고 생각하고서 될수있는대로 邪道에빠지지 안는作品을 하나라도 더만들어놓고 싶습니다。

숨이마킬듯한 熱과、人生의苦惱의모양、全혀藝術、全혀 藝術의極致라고말할 저 크로잇배르그의 춤을보고서 그 威嚴에 나는 完全히 壓倒를 당했었읍니다。시방도 그、어둔人生을 내다보는듯한 踊姿가 눈앞에 아른아른합니다。尊敬할만한舞踊家입니다。

舞踊은 마음의 窓

舞踊家 石井漠

人氣라는것을 되지못하게 輕視하려는 사람이 있다。그중에도 藝術家라고 부르는사람가운데 많이있다。나는 그런말을 드를때마다、그사람의 마음속을 짜귀여 보고 싶다。

人氣라는것도 갖고싶을때에 마음대로 누구나 얻게 되는것이 않이다。어떤 意味로서 말하면 그사람에게만 天賦된 特權과 같은것이다。勿論人氣를 얻기위해서는、그것에 相當한 努力과、그결로서 따라오게되는 여러가지의 條件이 必要하게 되는것이다。偶然、偶發的으로 나타나지 않는것만은 事實이다。

最近 崔承喜의 人氣에는 놀날만하다는 말이 必要하게 되였다。그것에는 여러가지의 理由를 말할수 있을것이나、如何間 우리 舞踊界에서 나간사람이、그처럼 世上에 問題를 던

진것마는 愉快한일이다。 더욱이 崔承喜라는 舞踊家는、外國에서 修業하고 돌아온 舞踊家도 아니며、새로히 歸朝한 팔팔한사람도 아닌、말하자면、和製品이며、全部가 國産이라는 것이다。

崔承喜의 舞踊에 對해서는 여러가지의 世評이들리나、決코 完璧을 이르지못한것만은 事實이다。아직도 樂觀을 許諾할수없는、얼마큼의 困難이 將來에 가로놓였다。그렇다고해서 그의 舞踊을 휠신 凌駕할수있는 手腕있는 젊은 舞踊家가、現在 우리나라에 얼마나 있는가도 생각해보지 않으면 아니된다。舞踊이라면 사람이 하는일이라 서로 理解할수있는 뛰여난 天才가 그렇게 나올수있는것이 아니다。지금 時代에서 그런것을 求하고 찾는 사람이 있다면、그 사람이야말노 훨신 時代에 뒤떠러진 사람이라고 말하지 않을수없는것이다。

나는 일직이 론돈滯在中、지금은 죽었으나、「이사에」의「바이오린」을 드른일이있었다。「音樂은 音樂을 듣는것이 아니라、그사람의 마음을 드려다보는 窓」이라고 하는말을 드른듯이 생각난다。그리고는、모든 藝術作品을 對할때는 「이에사」를 잊어버릴수없이 되였다。舞踊도 또한 그러하다고 생각한다。舞踊을 보는것은 舞踊作品을 通해서 그사람의 마음을 드려다보는것이다。

昨年 十二月 大阪劇場에서 오래간만에、崔承喜의 舞踊을 보았을때에、舞踊그것의 巧拙보다도 「如前 하구나」하는 생각이 나의 마음을 즐거웁게 하였다。그 不撓不屈의 氣質과 그强勁함이、그의 四肢를 함부로 驅使하게 하는듯이 보이는것이 마음을 愉快하게 하였다。

崔承喜의 舞踊은 다만 눈으로 보기만하는 舞踊이 아니라、마음과 마음에 接觸을 意味하는 舞踊이다。舞踊을 通해서 女史自身의 마음에 接觸한때에、비로서 보는사람이 마음을 뛰게 하는 舞踊인同時에、보는사람의 마음을 두다리고야 마는듯한 그氣魄은、그의 舞踊에 接하는사람이면 누구나 알수있는것이니、그것이 곧 大衆的意味와도 分流되는것이다。

舞姬崔承喜論

小說家 川端康成

『日本一座談會』라는것을、『모던日本』이 開催하였을때、女流新進舞踊家中에 日本第一은 누구냐고 물을때에、洋舞踊에는 崔承喜가 될것이라고 나는 대답하였다。

그 座談會는 正月다운 情趣를 나타내려는 愛嬌에 不過하였다。眞實한 批評會는 아니였다。또한 한마듸로 女流新進舞踊家라고 하드라도、十代의 사람도 있고、三十가까운사람도 있다。그各各舞踊의 傾向이 相異하다。長所短所가 있다。獨立한것이냐、師匠下에 있는것이냐는것等 일에따라서 그 하는것도 同一하지 않다。特히 批評의 標準이 混雜한 우리 舞踊界에서 그藝術的才能의 優劣을 이것 저것 比較하는것은 옳지 않다。例를들면、同一한 石井漢門下에 있든、지금의 花形으로 말하드래도、石井미도리의 優雅典麗가 優秀

한지 石井美笑子의 明浪華麗가 낳을는지、崔承喜가 낳을는지 보는 사람에 따라서 다를 것이며、將來의 成果만이 정말 審判이 될것일줄로안다。

그러나 나는 아모 躊躇도 없이 崔承喜가 日本第一이라고 대답하였다。내가 그렇게 말하기에 足할만한것을 崔承喜가 가지고있다。그外에 다른사람을 日本第一이라고 하기보다는 崔承喜을 日本第一이라고 말하기 쉬운 第一의것은 훌륭한 體軀이다。그의 舞踊의 巨大性이다。力이다。그런데 또한 한참 춤추기 좋은 年齡이다。또한 그의 獨特한 民族的 냄새다。

崔承喜가 다시 內地에 와서 石井漠氏의門에 돌아와서 初舞臺는、「令女界」主催의 女流舞踊大會이였다。이會는 젊은 女流舞踊家의 거진 全部를모더였다。崔承喜는 「에헤야 노아라」와 「에레지ㅣ」를 춤추었다。「에헤야、노아라」는 그가 內地에서 처음추는 朝鮮舞踊이였다。나는 그를 본것이 最初인 그날에 數十의舞踊가운데、나에게 가장 强한 感銘을 주었다。舞踊批評家가 아니고、제맘대로의구경군에 不過한 나는、그感銘을 崔承喜의 舞踊을

며보고 싶은 單純한 所願으로 變해서 그機會를 기다리게 되였다。「모던日本」社長 馬海松君은 그와 同鄕인點에서 雜誌의 무슨 主催하는 機會에든지 崔承喜의 舞踊을 넣었으면하고 勸하였다。

그런데 今秋 그의師恩 石井漠氏의 援助로서、그의第一 發表會가 開催되여서、大成功을 하게된것은 나로서는 宿願이 풀어저서 즐거웠다。

崔承喜에 關해서 무엇을 쓰라는 부탁을 받고나는 이機會을 多幸하게 나의 不適한 地位에 있는것도 도라보지 않고、붓을 잡은것도 그렇게즐거운 까닭이다。나는 그의 舞踊藝術을 解說하려 한다든지、혹은 批判하려고는 생각지 안는다。生素한 나의意見은、舞踊에 親치않은 讀者를 어지럽게할는지 모른다。또 나는 崔承喜에對해서 아는것이 매우 적다。舞踊會의 複道에서 맞나면 인사나 할程度의 親分이다。이 文章을 쓰기위해서 石井漠 舞踊硏究所를 찾어갔지마는、地方巡業에 집을 지키고 있는듯한 그는、바쁜듯이 마음이 가러앉이 않은듯하야 別노 이야기도 못하였다。그러나 文藝雜誌에서 舞踊家에 對한것을 쓰라는것은 매우 珍奇한일인까닭에、崔承喜의舞踊을 구경하는사람이 하나라도 늘기를 바라고 쓰는것즘되는것이다。近年은 舞踊會가 音樂會를 壓倒해서、舞踊專門雜誌가 三四種이나 發刊되는 情勢라고는하나 洋舞踊은 아즉 一般이 輕視하며、따라서 舞踊家처럼 社會的으로 福없는 藝術家는없다。今日의 舞踊家는 모다 一種의 犧牲者라고、볼수있다。職業으로서는 아조 되지 않는다。著名한 舞踊家도 舞臺에서보다도、敎授로서 生計를 세워가는까닭에、舞踊의隆盛은 決코 어렵다。興行界에서 밀려난다는것이다。極端으로 말하면 崔承喜는 파무친 寶石이다。天分이나 才能이있는 舞踊家가 적지 않으나 開花하게하고 成熟하게도 社會的背景이 없는까닭에、그것에 相當한 生計도 할수없고、애처롭게 한참 일할 靑春을 허비해버린다。新劇俳優나 音樂家도 그렇지마는 舞踊家도 또한 困難할길을거러가고있다。

그러나 그러한 議論이 本文의 目的은 않이다。石井漠氏와 崔承喜自身의 말을 드러서 그의 輪廓을 傳하려고한다。京城의 女學生인 崔承喜는 聲樂家로서 出世코자 하였었다。

東京音樂學校에 入學코자하였다。그러나 四年制의 女學卒業은 十六歲인까닭에 音樂學校의 受驗에는 年齡이 어리였든 까닭도 있었다。그때에 공교롭게 石井漢氏의 一行이 京城에서 公演하였다、崔承喜의 實兄인 承一氏가 石井漢氏의 舞踊을보고 感銘된바가많었다。入學시키려고까지 하였다、崔承喜自身은 學校의 體育딴쓰를 잘한다고 할만큼한 程度가 舞踊에對해서는 아는것도 없고 생각해본일도없다고한다。따라서 그의 生涯의길을 만든것은 그의 實兄이였다。오빠인 崔承一氏는 그當時 朝鮮의新進作家이였다。北滿鐵路護路軍司令部陸軍步兵中佐 李亮氏等과도 知友이다、崔承喜의 發表會에는 때때로 上京中에李中佐나 山本實彥氏가 한가지로 구경하려 왔었다。文學者인 이 오빠의 感化도 崔承喜舞踊의影響이 있었을것이라고 생각한다。

崔承喜가 오빠에게 이끌리여서 入門하겠다고 石井氏를 찾어왔을때는、女學校卒業後二日째되든날이였다。

『黑白의 朝鮮女學生服을 입은』十六歲의 그는、곧 石井氏와 한가지로 出發하게되였는데

汽車의 窓에서 어머니와 서로 붓들고『얼골을 窓에 대이고 눈물을 흘렸다』그러나 龍山驛을 지낼때쯤해서, 몰내 承喜의 모양을보니, 아까 눈물은 잊어버린듯이 기쁜얼골로 學校에서 배운 內地風의 노래를 적은소리로 부르고 있었다。그리고 滿三年, 石井氏의 研究所에서 공부하였다。勿論 舞臺에도 섯는일이 있었으나 나는 보지못하였다。얼마아니되여서 石井小浪이 이漠氏와 藝術上 意見의 相異로서 研究所를 脫退하는일이 생기였다。崔承喜는 小浪에게 同情해서 行動을같이 하였다。家庭의 事情도 있었어 京城에돌아가서 京城日報에 後援으로 研究所를 열고 發表會도 前後五回나 開催하였다。朝鮮에서 唯一한 舞踊家이였다。그런데 昨年 봄에 또다시 石井氏의 研究所에 돌아왔다。

『억지로 말한다면 나는 石井先生에게서 故鄕인 京城에 도라와서 滿三年間, 處女地를 밝갈(耕)고 있었든것도 苦難의길을 거든것이지만, 그것이 내가얻은, 적으나마 貴한 成果이겠지요?』라는 말이나『내가 京城에 三年동안은 印象깊은 試鍊의 歲月이였읍니다』라고 그가 쓴것과 같이 이時圓이 今日의 崔承喜를 形成한것은 勿論이다。『荒涼해서 舞踊

을 갖이아니한 故鄕의흙에』서는、舞踊을 賤하게 생각하는 朝鮮에는、唯一한 그의 舞踊이 어떠한 意義가 있었든가、어떠한 苦難을 맛보며왔는가는 멀리서 想像할뿐이지만、그동안에 그는故國의 傳統을 보면서 왔다。民族을 보고 왔든것이다。그것이 우리들앞에 선물로서 崔承喜의 藝術로서 갖어온것이다。

『舞踊이 貧乏한 朝鮮、그리고 自己들의 舞踊의 遺産까지도 繼承하야 發展케못하게된 朝鮮에 태여난 나는 이荒廢하야가는 故土의 藝術을 새롭게 再健해가고 싶읍니다。貧乏한 朝鮮의舞踊을 再建해서 길러가는것이、나의 크나큰 즐거움인 同時에 에레지ㅣ라고、생각합니다』또 『이때에 나의 舞踊作品은 들에서는 큰것이라고 하겠으나、全體로서는 人間生活의 暗面만을 表現한것이 大部分이였든것에 새삼스럽게 놀랍니다。舞踊도 그것이 다른 藝術과같이 現實을 眞實하게 反映해야 할것이 아닌가하고 생각한까닭에、朝鮮의 大部分의 사람들의 生活感情을 支配하고있는 「어떤」暗面을 自己의 作品에 具象化하려고한것은 나로서는 不得已한 것이였읍니다』또『朝鮮舞踊은「슬픔」과「괴로움」과「憤怒」라는것과같은 生活感情의 暗面을表現하는것은 稀少하여서 「기쁨」이라는 明朗한 側面만이 主要하게 表現되였읍니다。 그러나 이러한 古典的舞踊은 朝鮮사람들의 生活感情을 反映하고있는以上、즐거운 가운데도 一抹의 哀愁가 떠서 있는것을 無視할수없는點이겠지요。朝鮮舞踊의 特殊한 表現은 特히 팔과 어깨입으로、그中에도 팔의 使用法은 極히 特殊한、優雅한 表現이여야 합니다。발떠는것같은것도 平凡한듯하나 발밟은것等이 매우 데리케트한것입니다』 ―「朝鮮舞踊에對하야」 音樂世界九月號及「發表會에 際해서의 感想」에서

이러한 그의 말은 무엇보다도 그의 藝術의底流를말하는것이다。

新舞踊作品에는、「에레지ㅣ」、「印度人의 悲哀」、「荒野을 가면서」、「廢墟의자최」等을、나는 보았으나、이러한 題名은 무엇을 말하는것인가。 그는 舞臺에서는 一層더 크게 보이는 體軀을 말노서、떠듬거리기도하며、주춤거리기도하며、潤澤있게 말하려으로、劇的으로도 되고 거칠기도 하면서 强하고 기운찬것이 닥처서온다。 어둔것 같으나、弱한嘆息은 아니다、肉體의 生活力을 崔女史처럼舞臺에서 살리는 舞踊家는 두사람도 볼수없다。 그러나 未完成

의 情熱이다。밝은『希望을안고』라든지、組合된『로만스의展望』과、움직이는 씨스템의『習作』은 더군다나 試作品이다。

그런데『劍舞』、『에헤야 노아라』、『僧舞』等의 朝鮮舞踊이고보면、그는 다른사람과같이 通達하고、自由며、巧妙해서 우리들의 마음을 빼앗는다。批評같은것은 고만두기로하고、崔承喜의 朝鮮舞踊은 日本의洋舞踊家에게 民族의 傳統에 뿌리박은 强力을 가르치는것이라고 볼수있는것이다。그러나 無論 崔承喜는 朝鮮舞踊을 그대로 춤추는것은 아니다。옛날것을 새롭게하고、弱한것을 强하게하고、없어진것을 更生케하는 自己 스스로 創作하는것이 生命이다。妓生同類의 師匠뿐이라고하야、崔承喜는 아모에게서도 朝鮮舞踊을 배운일이없다。눈으로 기억하였을뿐이다。傑作「에헤야 노아라」와같은 것은 日本의「잣보레」와같은 춤인데 酒席의 坐興으로 추는춤에서、아버지의 그춤을보고、創作한 것이라고한다。八年前에 十六歲라면 그는 아즉도 너무 젊다。天惠의體軀와 才分를 充分이 볼수있는 世上에서 살게하고싶다。(「文藝」에서轉譯)

崔承喜에게 寄함

改造社社長 山本實彦

나는 오래前부터 당신을 알엇든것은 아닙니다。李亮君의 紹介로서 당신을 만나게 되엿는데、그後로、이상스럽게도 나의 推薦으로 新興「키네마」에 드러갓으며、그래서 때때로 당신과 만날 機會가 있게 된것이엿소。

당신은 半島가 낳은 麗人이라고 모두들 말하고있소。그것에 틀님없을 것이오。身長이 五尺四寸五分의 偉丈夫型으로——참으로 體格으로서는 理想的이지요。成吉思汗의 안해는 아니나 눈이 빛나고、얼굴에 光彩가 있다고 稱讚을 하여도、누구나 過한말이라고 할사람은 없을것입니다。그처럼 당신은 現代的 典型的인 당신입니다。그러나 내가 무슨 당신의 美에 달무려한다든지 혹은 당신의 肉의 아래에 업드리려는 意圖는 조금도 없으니

이점은 安心하십시요。

그러나 당신이 今日에 이렇게 되기까지에는 얼마나 苦惱와 忍耐가 쌓이고 쌓인것을 생각할때에는 저절로 마음이 어두어집니다。民族과民族과의 平坦치 못한 葛藤、『고초가루나 먹고자란것이……』하고 뒤공론이 없다고 할수도 없을것입니다。그틈을 뚫고 나온다는것이 얼마나 가슴 앞을것을 생각하면 남의일 같지 않고 마음속에 걸리는것이 있읍니다 나는 舞踊藝術에는 아모 鑑賞力이 없읍니다。따라서 당신의 舞踊에 對한 情緖가 어떻다고 말할 資格은 없읍니다。그러나 당신의 性格에서 생기는 藝術은、당신의性格을 信用하고있는 나에게는 安心하고 將來가 즐거울것 같습니다。당신은 지금까지 여러가지의 誘惑을 이기였읍니다。그러한 社會에는 있을듯한 좋지못한 風聞은 손톱만치도 없었읍니다。그것만으로도 당신이 얼마나 意志力이 强한 女性이라는것을 알수있읍니다。그리고 당신은「푸로」와 堂堂한 結婚을한後에 좋지못한 所聞에對해서 決定的으로 對抗해서 이러는것입니다。이點만하드라도 나는 엥간한 女俳優들쯤은 당신의 발아래에 엎드

려야 할것이라고 생각합니다。背後의사람들에게서 받치는 衣裳을입고 生活을 도라보아주는 사람들을 가진것이 現代女俳優들의 狀態가 아닙니까。

그우에 또한가지의 重壓이 당신의 머리를 눌느고 있읍니다。그것은 아까도 말한바와 같이 民族的으로 좋지않은 冷情한 눈초리란말입니다。당신은 今後로도 그것쯤은 이겨가면서 堂堂이 일어서지 않으면 아니될것입니다。가는곧마다 여러가지로 가슴이앞을것입니다。그래서 첫번쯤은 好奇的으로 歡迎하는 日本內地사람의 얇은마음을 믿이 생각하고、世上과 싸호지 않으면 안될것입니다。肉體的인 싸홈입니다。人氣가 크면 클수륵 嫉妬의 칼날이 크게 닥칠것입니다 나는 당신의 肉體力을 믿음니다。그러나 그것을 참고가는 精神力을 보다더 關心치 않오면 안될것이오。精神力이 充實치 않으면 참으로 恰足한 藝術家가 되지못합니다。그래서 百難辛苦를 잡어 제치고 나가기 어려운것을 생각하십시요

당신이 成功하고 못하는것은 普通舞踊家과는 別다른處地에 있읍니다。얼마나 많은 朝鮮사람이 당신背後에 잇는것을 생각해야 합니다。당신은 今後藝術上의 좋은相對를 얻을

것을 마음에 먹지않으면 아니됩니다。그래서 새로운 空氣에서 살것을、새로운 鬪爭에 이길決意을 强하게 胸中에서 용소심 치게 해야합니다。

당신의『僧舞』를 본다음 벌서歲月이 많이 지내갔읍니다。반다시 여러가지 點에서 飛躍의 많었을것이라고 생각을 하며 있읍니다。

당신은 自己의 가진肉體의美、忍耐가强한 精神力을 今後로도 밀어나가서 어느點에나 따러갈수없는 名人이 되여주시요 지금도 日本第一의 評判이 있지만——。

民族舞踊家로서의崔承喜

評論家 園池公功

崔承喜女史의 일홈은 일즉이 들었으나、그의 舞踊을 보기는 昨年 가을、日本青年館에서 開催한 崔女史의 舞踊發表會가 처음이다。아니다、그의 춤추는것은 石井漠氏의 舞踊會에서 보앗지마는 그의 朝鮮舞踊을 본것은 처음이였다。

崔女史의 舞踊을본사람들은 누구나 말하는바와같이、그의 참으로 優秀한肉體의 所有者라는것이다。이것은 舞踊家로서 特히 幸福스러운 일이다。

崔女史의 朝鮮에서 내가본중에는「劍舞」와「에아라、노아라」가 印象의 남어있다。이런것에는 民族性이 充分이 表現되였음으로 보기만해도 매우 愉快하다。나는 이것을 優秀한 民族舞踊이라고 評價하기에 躊躇치 않는다。

드르니깐 二月에는 이러한 民族舞踊을 가지고 東寶小劇場의 名人會에서 出演한다고한다。그것은 勿論 生活을 위한까닭도 되겠으나、많은 藝術家가、藝人과 同席하는것을 싫여하는데、그가 敢然이 出演을 受諾한것은、나는 대단이 훌륭한일이라고 생각한다。

바라건데 崔女史는 어떠한 機會든지 붇잡어서、朝鮮에도 이러한 優秀한 民族舞踊이잇다는것을 世上에 알려주었으면 한다。

最後로 내가 崔女史에게 바라는것은 더욱더 공부를 해서、朝鮮舞踊의「레파토리」를 豐富하게 하는것이다。그러면 얼마아니가서「스페인」의 아르헨이나、朝鮮舞踊의 崔承喜라고 말할 時代가올것이다。

나는 이처럼 崔承喜의 朝鮮舞踊을 높이 말하고있다。내가 現在 그를 優秀한 民族舞踊家로 推賞하는 까닭도 이곳에 있는것이다。

崔承喜에게 註文함

評論家 中村秋一

나는 언제인가『明日의 傑作』이라고 題해서 崔承喜를 論한일이 있었는데 그後滿一年이된 今日의 그는 얼마마큼、그러한 圈內에 드러온듯해서 그點이 참으로 기쁘다。

第一回 데뷰 에서、그는 그『레파토리』中에 朝鮮舞踊과 純創作舞踊을 半씩 섞어서 公演하였는데、그結果、朝鮮舞踊의魅力이、結果에서 본다면 大衆에게 顯著히 好評을 받은 結果、또는 創作舞踊에 佳作의 比較的 貧乏한結果도있었으나「레파토리」로서의 色彩가 매우「아마취어」해서、그點이 매우 印象을 弱하게 한듯하다。

그는 그때에『自己는 참으로 創作舞踊에 專念하고 싶다』고 그의 希望을 말한것 같은데。그의認識以上으로 그朝鮮舞踊을 是認한 나는、데뷰當時와같은「레파토리」를 廢하고 아조 朝鮮舞踊을 主로해서 그것을 점점 파드러가기를 바라는바이다。 이希望은 多幸이 그의 是認한바되여 第二回 發表會에는、좀 亂作이기는하나、質과量에있어서 朝鮮舞踊이 斷然히 壓倒的이였으며、그結果 몇個의 佳作을 만들엇다。

그런데 자미잇는것은 第二回는 朝鮮舞踊이 絶對多數인데 不拘하고 創作舞踊에는 美笑子와의『듀에트』인『마음의흐름』과같은 出世作을 내논것이다。

나는 이에 對해서 그가 朝鮮舞踊이라는것은 決코 한 地方色이 아니라、그自身이、그의 個性을 充分이 살릴 舞踊의 基礎라는 意見을 實證하였다。

即 그는 朝鮮舞踊보다도 創作舞踊에 專念하고싶다고 생각한것은 故鄕의 춤을 看板으로 한것과같이 생각되여서「핸디캡」을 하기를 두려워한것과、그가 朝鮮舞踊의 地方性을 必要以上으로 굳게 생각한것이였다。

그러나 어찌 생각하였으랴。그의 朝鮮舞踊과 創作舞踊은 同一한 母體에서 생겨난 双生見이며 어떤때는、한개의 平面의 表裏라고까지 말할수잇으니 創作舞踊에 專念하는것은 이 곳 朝鮮舞踊에 專念하는것이다。

그는 朝鮮舞踊을 더욱더욱 파드러가는데 따러서 恰似이 鑛夫가 金鑛脈을 파고드러가듯이 朝鮮舞踊의 깊이까지 到達할것이다。 그後의 그는 創作舞踊을 또다시 地上에서 이 鑛脈까지 파드러가는것과같은 方法을 全然 取할 必要도없이 今番에는 그鑛脈을「創作舞踊」이라는 方向을 向하고 順次로 파드러가면 그만이다。

이 方向의 問題는 어느때에는 稚拙하게도 보이기도하나 妥協을 모르는 그의 精進性은 充分이 成功되리라고 期待할수잇다。 그는 決코 巧妙하게、훌륭하게、要領잇게、進行치는 못한다。 그의方向은(나아갈 經路는) 어더까지든지 無細工이며、非妥協的인것에 依하야 그의肉과血로서 하여주기를 바란다。

한개의感想

哲學家 柳 宗 悅

나는 두세번 崔承喜의 訪問을 받엇다。내가 特別이 舞踊을 아는까닭이 아니라・나와 朝鮮과의 사굄이 오래된까닭이다。

優秀한 사람이 朝鮮에서 나오기를、얼마나 渴望하엿는지 모른다。그것은 日本內地을위해서도 매우좋은 일이다。

나는 그의 藝術을 批評할만한 充分한 資格은 없다。그러나 내가본 範圍에서 正直하게 말하면 이제부터라고 생각한다。

아즉 여러가지로 生素한데가 남어잇다。그러나 이제부터 未來를 즐길것이 참으로 깁부다。조구마케 되기쉬운 日本內地人의 技藝에 比하면、힐신信賴할만큼 마음이 노인다。

體格에서 생기는 힘도未來를 도을것이다。더욱 希望이 잇는것은、東洋味、特히 朝鮮味를 살려놀것이다。이것이 完成되면 無雙한것이 될것이다。나는 그가 朝鮮人까닭에 더욱 이것을 希望하야 마지 않은다。

그와 만나서 이야기를 듣는것은 愉快한일이다。웨 그런구하니、그는 처음부터 끝까지 藝道의 이야기로 잔득찻다。나는 아즉까지 日本人女子中에서 崔女史처럼 藝術에 對하야 熱心으로 이야기하는사람을 본일이없다。如何間 自己의하는 일에 熱心인것에 마음이 껄리엿다。그의 이야기가운데서「더욱더 迫力이 잇는 춤을 추고 싶다」고 여러번이나 되푸리하엿다。말에는 積極的인 젊은氣運이 나타나잇엇다。迫力잇는 藝를 至上의 藝라고할수는 없으나、이러한 銳氣없으면 또한 至上의 藝에 接近하기도 어렵다。

나는 女史를 위하야 이말로 祝賀하는바이다。誠實을 잃지말고 世評에 迷惑치말고 精進에精進을 거듭하엿으면 한다。如何하든지 優秀한 朝鮮人을 얻은것은 참으로 나의 宿望인것이다。

崔承喜女史의舞踊을 보고

評論家 新居 格

崔承喜女史의 舞踊을 나는 前부터 대단히 보고십혀 하였었다。드듸어 그機會를 女史의 第二回新作發表會에서 갖게되였다。나는 그空前이라고도할 盛況을보고 全혀 驚嘆하지 않을수 없었다。대체 이絕大한人氣와、熱狂은、어디서 오는것일까? 나는 이理由를發見하려고 눈한번 깜작이지않고 女史의舞踊을 熱心히구경한것이였다。結局 나는 어찌하야 女史의 舞踊을 좀더빨리 구경하지 않었을까하는 간얄핀 後悔의想念까지 품게되였던것이다

여기서 나는 내가본、崔承喜女史의 舞踊觀을 적어보려고한다。

먼저 나는 女史의舞踊을 여러가지角度로부터 觀察하고저 한다。이들을 綜合한곧에 女史의舞踊의特色이 깃들어 있기때문이다。

나로서의 見解로는、女史의舞踊은 只今보매 세가지發射面을 갖엇다고 생각한다。

其一은、西洋舞踊에서 보혀주는 女史이오、其二는『王의춤』、『僧舞』、『假面의춤』等을추는 女史요、其三은『朝鮮風의듀엘』、『세가지코리앤•멜로듸!』가운데의 民謠調의 舞踊化이다。

余個人으로의嗜好로본다면、第三種의춤이 第一좋앗다。나는 舞踊의 專門的、技巧的批評은 잘할줄모를는지 알수없다。그러나 女史가 若草敏子와함께춘『朝鮮風의듀엘』은、얼마나 愉快한輕妙함으로써 우리들을 즐겁게 해주었던가。그明朗하고도「柔軟」한춤은 말하자면 微風에떠도는 꽃香氣와도 같어서、나를 完全히 魅了하고말었었다。

『民謠調』의 춤은 亦是 우리들을『캣취』한것이었다。그리고 가을바람과도 같이『페이소스』를담은 哀感이、우리들로하여금 女史의舞踊에 陶醉케하엿다。女史에있어『유니크』한것이었다。

第二種의것도、亦是 女史의舞踊에 顯著한特徵을 添加하는것임에 틀림없다。

나는 第二種에있어서는、『僧舞』에 가장 興味를느낀다 그리고『假面의춤』、『靈山調』도다

조앗다。女史가 朝鮮의古典에 舞踊的表現을試驗하고 또 半島에 古來로잇던 여러가지춤을 새로히 살려서、自身의것으로 創作하는 그藝術的熱意와 努力에對하야、크게敬意를 表하는 바이다。

半島의舞姬로서 今日과같은 높은 聲望을빗내는所以는 理由없는일은 아니다。西班牙舞踊에 사람을陶醉케하는 魅力의잇는거와마찬가지로、女史가 半島를살린 舞踊에는 特殊한『오리엔탈리즘』을 創作하야——色에있어서나、香氣에있어元來 全然 別種의것이지만은——西班牙舞踊이 特殊性을 가지듯이、特殊性을갖인것으로 創始하고、具現하야、그러함으로써 世界의舞踊界에 새로운 特殊性을 要求해도 좋을상싶이하게한 女史야말로、참으로 注目할만한 出現이라하겠다。

余는 第二回新作發表會에서 女史가보여준 프로그람의 各箇別에 걸치어 細評하기를 사양코저한다。그러할 餘白이없는까닭이다。다만 全體的感想에만 그치려하는데 무엇보다도、女史의特色은 女史의鄕土舞踊에 보다많이 素地를 가젓다고할것이다。뿐아니라、그것을表現

함에當하야 西洋舞踊의 技巧를 잘 살려서한것도 놀래울만하다。

女史가 舞踊家로 뛰어난 天品을 充分히 가지고잇는것은 一般의定評이다。女史의 훌륭한 體格과그것인데 舞臺우에서 特히 그러한 그뛰어난美貌도그러하다。게다가 女史의 熱心과 創始性은 女史로하여금『유니크』한 舞踊을 創作케하엿다。女史의 表現的技巧의根據인 西洋舞踊에있어서도 말할것도없이 平凡치안타。余는『길을일코』에 가장共鳴하며、『회생』에도印象이깊엇스나、더욱 欲心을부린다면 西洋舞踊에對해서 더욱 躍進을 꾀하면하는 點이다。

女史는젊다。그리고 女史는 지금 白熱的精進을 繼續하고잇다。게다가 훌륭한 藝術家에 共通하는 謙虛와 反省의 美德까지를 갖엇다。그러므로해서 나는 가장 感銘이 얇었었던 第一種 西洋舞踊에對하야 多小 不滿하였었던 느낌을 그대로 털어놋는것이다。

—(끝)—

崔承喜讃

小說家 村山知義

지금 나의 뚱뚱하게 살찐모양을 보는사람에게 거즛말이라고 생각할는지 모르나、十數年前의 나는、舞踊家가 됨이야말로 나의 天職이라고 생각하고、밤이면『빅터ー』의『포페불』를들고 自由學院講堂에서 혼자서 練習을 하고있었다。三四種의 춤을 築地小劇場에서 춘일까지도 있었다。獨逸에 있을때에『임페고펜』과『단칸』과『사카로쭈』에게 홀러버렸엇다。그런까닭에 나는 지금까지도 춤추는것을 즐거워하는 마음은 남보다 倍나 가지고 잇다고 생각한다。그러한 내가 日本에 도라와서는 춤에서 즐거움을 얻은일은 참으로 적엇다。이것은 첫재로는 내게는 日本舞踊이나 日本音樂에 對한理解가 不充分한 까닭도 있을것이다。

菊五郎이나 三津五郎이나 猿之助等의 춤에는 感嘆한일이있었다。 그러나 가슴에 젤리는 것은 없엇다。『임페고펜』이 아즉도 世上에 일홈이 나기前，『시위스』에서 춤을 추었을때에、大音樂家『따르베르』는 無心히도 落淚하였다는것이다。또한 그가 伯林의舞臺에서 춤추었을때에、남이야보든 말든 舞臺한편쪽을 붇읕고 울음을 울엇든 女子가 있었다。아해들을 모아가지고 춤을 구경시킬때에 劇場에 잔득 모인 아해들의 웃음소리에 劇場이 터질듯하엿다。『구로있쓰벨크』의 어떤 춤은 둥쌀을 글거낼듯한 戰慄을 이리키였으며『단칸』의 英雄行進曲은 보는사람에게 彈力的勇氣를 넣어주었다。그런것에 比較해서 말하면 義太夫의 文句에따러서 만들어진 日本의 歌舞伎的舞踊은、說明的이며、그說明이（即 內容의 肉體的表現으로의 飜譯의形式이）因習的으로 되여서 直接的이 아닐뿐만 아니라、옛內容에 매지여잇는까닭에、우리들의『가슴을 찌를』수가 없는것일것이다。日本의舞踊은 全혀 鄉土舞踊을 除하고는、어느것이나 이러한 拘束下에서 日本的流動、日本的形狀、日本的旋律 日本的裝束이 우리로부터 멀리 떠러저잇는것이다。이러한때에 崔承喜의 춤을 보게된것은

巨大한 驚喜였었다。나는 그의 舞踊에서、日本舞踊의 上論한 拘束에서、自由스럽게、그리고 遙遠한 昔日 大陸藝術을 그半島에서 위선 溫釀한後에 島國에傳해준、말하자면、우리들의 藝術과 聯結된 舞踊을 보앗다。만일 現在에、缺如되고 生氣없는 形態로서 妓生에게 傳해오는 舞踊을 보여주엇다면 우리들은 決코 이렇게 가슴에 부드칠것이 없을것이다。崔承喜는 그의 肉體的天分과 오래동안 近代舞踊의 基本的 訓練으로、옛날朝鮮의 舞踊을 更生 식히였다。이것이야말로 優秀한 藝術家의 可能한 特典이니 어려운말로써한다면『遺產의 批評的攝取』라는것이다。우리는 崔女史로해서 처음으로 오래된時代의 半島의 隆盛時代의 豊饒한、그리고 그後 거진 煙滅된 藝術의 姿態에 接할수있었다。우리들은『日本的인것』의 어머니의 어머니、그리고 또한 어머니의 숨소리를 깨다를수 있었다。

대체 그에게 이러한 巨大한 事業을 可能하게한 첫재의 根本的原因은、그가 雄勁한意志를 가진까닭이다。그리고 그것은 그가 自己의 使命을 充分히 自覺한데로붙어 온것이다。第一回發表會의『푸로그람』에 잇는 그의 感想을 보면 알것이다。이 意志는 當然이 그의 舞踊全體를 貫通하야、우리들의 가슴을 따리고 피를 흘려넣어 주는것이다。그러나 그것을 端的으로 舞踊的表現을 하려고할때에、가령『劍舞』에서 보는바와같이 그는 아즉도 古朝鮮의雄勁한맛을 充分히 나타내는境地에 이르지는못하였다。나는 이것까지도 今後崔女史에게 希望하고싶다。그는 또한 그『팜푸렛트』에서、自己의 舞踊이『어둡고』또는 劇的이라고 말하였다。그의 말에 依하면 그가 朝鮮에서 作舞한데 그런것이 많다고 한다。나는 그의 그러한 춤을 보고싶다。그에게 이러한 모든要素가 舞踊化되는날은、아조 新世紀를 作成하는 날일것이다。나에게는 그날에 崔女史의 훌륭한 춤이 눈앞에 번적번적 보이는듯이생각된다。

未見崔承喜

朝鮮派와 洋舞派

小說家 岡田三郎

듣고 싶다고 생각하면서、아직도 듣지못한것은 諏訪根自子。보고싶어 하면서 보지못한것은 崔承喜。

듣지도 못하고、보지도 못한、이二人의 女性藝術家를、여러사람의 信憑할만한 賞讚의 소리에 따라서、나도 世上사람과 같이、最近 日本이 낳은 第一流의 天才的 女性藝術家의 双璧이라고 생각한다。

지금 내가 一票를 던지기를 依囑받어서、그二者中에 누구에게 던질것을 躊躇하지 않을수 없게되였었으나、前者는 目下 海外 留學生인 까닭에 他日로 밀우고、後者 또한 얼마 아니래서 國外硏鑽의 旅行을 떠나는까닭에, 餞別 하는 意味로서 後者를 選定하기로 하였다。

그러나 이 一票인것이、내創意에서 나온 一票는 아니다。다른사람에 追隨해서 追從的 一票다•追從的인것의 證據의第一은、내가 崔承喜의 舞踊을 보지 않은것이다。그 第二는 舞踊에 對해서、이것을 批判하는 아모러한 知識도 나는 갖이 않었다는것이다。

그러면 무엇으로서 崔承喜를 推薦하느냐고 하면、그것은 崔女史의 藝術에 對한 諸家의 賞讃乃至는 批判的文章에 따른것뿐이다。國會議員을 選擧하는데도、그當人은 모르고 또는 그政見發表의 演說도 듣지않고、다만 一片의 宣言文과 그를 支持하는 若干人의 推薦文을 그대로믿고 그냥 選擧場에 가게되는 경우도 있을것이다。또는 選擧違反이 아니된다면、무턱대고 믿은것을 隣人에게 向하야 忌彈없이 宣傳해서、나와 合流시키지 않으면 아니될 情熱를 갖게되는것도 自然의 理致라고 생각한다。

나의 崔承喜에 對한것이、어리석은 選擧人이 그隣人에게 하는것과 同樣의것이다。

崔承喜의 舞踊에 對한 諸家의 感想批評을 綜合해보면、壓倒的으로 好評을 받고있는것은 朝鮮舞踊이다。 그러나 그의 朝鮮舞踊이 好評이면 好評일수록、對蹠的으로、그의 洋風舞踊에 對한 批判은 점점 嚴格하게 기우러지는듯이 보인다。 光吉夏彌氏는 朝鮮舞踊中에도『세개의 코리안·메로디』朝鮮風의『데유엣트』等을 推薦하였으나 洋風舞踊에 對해서는『어떻게 貧弱한지 아주 다른사람과같이 低級하게 崔承喜를 顚落케한다』고 非難하고、있으나、洋風舞踊을 敢히 非難하지 않드래도、朝鮮舞踊을 極力 賞讚하고、그의 將來에對한 希望을 그一點中에 갖은 사람이 얼마나 많은 지 살필수있다。 川端康成氏는 洋風舞踊에도 그의 長點을 是認하면서、亦是『劍舞』、『에헤야 노아라』、『僧舞』等의 朝鮮舞踊에서 그를 特히 推薦하고있으며、新居格氏도 朝鮮派이다。 柳宗悅氏 德富蘇峰氏도 그렇다。青野季吉氏가 그의 舞踊의 將來에 達할 至妙境을、朝鮮舞踊과 西洋舞踊과의 燦然한合成에 있다는것은、한개의 커다란 示唆일것이다。 그와 꼭같은 意味로서、村山知義氏도、崔女史의 모든 要素가 渾然히 舞踊化되는날이야말노、全혀 그에게는 新元紀을 짓는날일것이라고 光輝있는 期待를 갖이고있다。그의 海外出發에 앞어서、이러한 示唆과 期待와는 意味 깊은일이 아닐까。

諸家의 推薦은 이뿐만이 아니나、大體 以上을가지고 버 一票를 던지는것이다。

崔承喜論

評論家 杉山平助

내가 처음으로 崔承喜를 보기는 『荒野을거러간다』라는 新作舞踊이엿다。훌륭한 體格綺麗한 女子로구나！하고 感嘆하엿다。

苦惱에가는 荒野、몃번이나 엺으러지면、또다시 이러나서 비틀거리면서도 希望을 바라보고 나가는 춤보다도、오히려 얼마쯤 戲曲的要素가 豊富한 舞踊이엿다。그後 나의집에와서 그가 色紙에 써놓은 文句는『江山三千里 苦難의길』이라는 朝鮮의 文句이엿다。이것은 한個의 民族的性格이라고도 생각할수있는것이니、壓抑되는것의 反撥心이 깊이 뺄수없이、모든것에 日常生活의 心理가 그곳에 있는것같이 보인다。그의 血液中에는、그熱情이 가장 强하게 躍動하고있다。

그後 때때로 우리집에와서、여러가지 이야기를하는중에 대체로 女史의 氣質을 짐작하였다。그中에는 나에게 좋은것도 있었고、싫은것도 있었다。

그러나 그는 어떻든지 崔承喜는 그人間만으로 보드래도、最近 朝鮮이 낳은 一級人物임에 틀림없다고、나는 다른사람들에게도 늘 말하였다。

그意思力은 그리 容易하게 艱難에 屈하려고는 안는다。아모리 不幸하다 하드래도、그屈하지않는 氣風은、말하자면 韓信이 다리속으로 들어갈수있는 그粘着性이 있다는 말이다。그現實的 洞察力은 經濟的、基礎의 把握과한가지 아조 銳利하다。남에게 依賴하면서、決코 마음을 주지안는 氣質이있으며、辯舌이 훌륭하며、最後的急場에 臨하매 벋이는 그强한 意志、機會를 붓잡기만하면 一秒의 猶豫도없이 다라나는 俊敏性等 어느것이나 實로適切하야、저는 偉大한 女子라고 나는 善惡不顧하고 그에게 感心되였다。

어느때나 女史를 面對하고도 늘 하는말이지만、다만 感情의 纖細라든가 微妙한、陰影等이 아즉 缺如된데가 있으니、極端으로 나뿌게 말하면 日本의 劍舞나 되지않을까 하는겨정이 있는때도있다。가령말하면 朝鮮의 舞踊『僧舞』等을 보면、참으로 사람을 놀내는 눈섭、눈초리、姿態等이 不足한데가 있고、그外에 東洋的인、失望과寂寞이가러앉은 怨恨等이、氣質的으로 調和되지 못한데가 있으며、그곳에는 그의 魅力의 어느곳엔가 不足한데가 있는듯이 생각된다。本來 한사람이 모든것을 具備할수는 없는일이지만。藝術上의 힘이라는것은 纖弱한 陰影을 相伴하지 않으면、그完全한 迫力에 到達하기 어려운것을 생각하지않을수 없는것이다。

崔承喜의舞踊藝術

小說家 板垣直子

洋舞는 때때로 보았다。西洋에서온 男女大家 라든지、日本의 젊은사람들이라든지 高田세야子等의 춤을보았다。

西洋人중에서는『구로잇쓰베륵』의 춤에 第一感心하였다。그리고 그뒤로 感心할만한 사람이 나타났는지는 모르겠으나、如何間 지금까지는 그저그모양이다。

요지음 崔承喜의 舞踊을 처음으로 보고、이것은 日本人 舞踊中에서 第一 感心하였다。그런데『구로잇쓰베륵』의춤에 第一 感心한 理由는、요전에「早稻田大學新聞」에도 쓴바와같이、매우 練磨된舞踊을 通해서、춤추는 人間의「個性의表現」이 보이는까닭이다。우리의 崔承喜에게도 그런傾向을 볼수있었다。

西洋춤을 추든 지금까지의 日本人에게 그런 特徵을 나타낸것은 한두번이 아니였다。形式의 流動이 있고、流動의 訓練은 있다하드라도 다만 技藝에 머므르고 마는사람이 많였다。或은 技藝만이 있는 有名한 女子舞踊家도있다。이러한사람들은 未發達時代의 開拓者로서 意義와 地位를가지고 있는고로 그걸로서 滿足할것이다。

技藝만있는 舞踊은、아모리 잘한다하드래도、우리가 볼때에 즐거운것은아니다。形式美만을 말하는것이 結局 아름다운것이 아니라는것은、다른藝術에 있어서도 그러하지만、舞踊같은것은 流動과 旋律을 主로하는 藝術에 있어서도 同一하다。그래서 藝術은 全般에通하야 本質的 生命과 神秘가 있는것이라고 생각한다。

舞踊을 個性의 表現이라고 보는것은、여러가지의 誤解를 사기쉬운듯하나、지금 崔承喜에게 對하야 말할것이면、그는 舞踊을 通해서 그의 內面의 어떠한것을 表現하고있는것이다。그는 꾸며낸 形式을춤추는것이 아니라、自己를 表現하는데에 즐거움을 가지고 춤추는것이니、춤과 自己가 一致境을 이루는것이다。簡單이 말하면 춤이 『몸에붙어있다』。

『춤이 참으로 몸에 붙어있다』는 境地는、흔이 하는말같으면서도、그實 그리 쉬운것은 아니다。

그가 춤에 나타내는『個性』은『구로잇쓰베륵』等의것과같이 强烈하지는못하나、그에게는 朝鮮民族의 感情이라고 하는것이 낳을는지도 모른다。그래서 그가 朝鮮民謠調를 나타낸 것을보면、이民族에 對해서 우리들의 마음에는 哀愁가 용소슴치고있다。그만큼 그의 演技는 自然스럽고 細密하다。그自身이 哀愁를 나타내는것은 아니다。自己自身이 哀愁에 빠진다면 그때는 그만이다。

朝鮮이 그렇게 表現되는것、그곳에 그의個性의優秀한것이 있는것이다。優秀한 個性이、그것이 들어있는 環境의 精神을 充分이 攝取한것을 보이는것이다。

『中央公論』의『街頭人物評論』에서 보면、崔承喜의 舞踊의 技藝를 그다지 말하지 않었으나、나는 그의 技巧가 매우 훌륭하다고 생각한다。流動이 纖細圓滑하야、그의 特色은 오히려、그方面에 있는것같으며、『따이나믹』한것은 아모 感心도 하지않었다。그同一한 評

論에서본다면 崔承喜는 매우努力家인同時에 또한 研究家라고들하는데、한가지技藝에 達成하는데는 더구나 그런것과같이、그럴것이라고 생각한다。또한 그同一한 評論에서보면『石井미도리』가 그의 競爭敵手라고하나、石井은 肉體的으로 말하면 到底히 崔承喜의 敵은아니다。舞踊의 質도 簡單하다。舞踊家에 있어서 肉體라는것은 宿命的 任務를 가지고 있는것이다。崔承喜가 舞踊家로서 今日의 人氣에 이른것은 잘發達한 肉體가 天賦된것이라고 생각해도 無害할것이다。이것도 日本人女子舞踊家와는 距離가 있어보인다。松竹의『다ー기』만 하드래도 本來 춤을 잘추지못하였으나、요전에본『고사리오』춤은 좀 感心하였다。四脚의 긴것이、여러가지意味에서 춤을 아름답게 보이게한다。

最後에 一言하고 싶은것은、崔承喜는 한層 더좋은 舞踊家가 되기위해서 西洋에가서 充分이 舞踊을 研究할 必要가 있다고 생각한다。아모리 잘한다고 하드래도、現在 그대로 머믈러버린다면 아모 餘望도 없을것이다。西洋에가면 流動의 訓練이 하나더 完成할줄노 생각한다。完成에는 대체로 無制限이다。

崔承喜의舞踊世界에關하야

評論家 青 野 季 吉

舞踊의 世界라는것은 어떠한것인가? 肉體가 그리여내는 線의旋律의 變化하는 世界이다 日本舞踊으로 말할것같으면、그곳에는 肉體와 衣裝과의 統一이 더하게된다。그線의 旋律의 變化에는 無限한 含蓄이 있는것으로서、自然한것이다。舞踊的創造라는것은、말하자면 肉體의 無限한 含蓄으로부터의 發見이며 具體化인것일것이다。

崔承喜의 새로운 舞踊만하드래도、그 훌륭한 肉體가 그리는 線의 旋律의 變化는、또 없는 魅力에 豊富한것이다。그 많은 直線을 混合한 旋律에는、참으로 直線의 健全한 美와、直線만이 갖이고 있는 光輝를 充分이 發揮치못한듯한 느낌이 없지 않으나、如何間 崔女史의 舞踊이、單的으로 우리들의 肉體에 迫到케하는것입에는 疑心없는일이다。

나는 일직이 그렇게 생각한 일이있다。이것은、舞踊에는 아조 門外漢이나、舞踊을 사랑하는데는 남에 뒤지지 않은、나의 舞踊觀、崔承喜觀의 精華이다。

崔承喜의 舞踊의 根底에는、이世上에 天賦된 밋밋한 肉體가 있다。그肉體에는 無限의 含蓄이있다。現在의 崔承喜는 그 含蓄으로부터 發見을 다한것이라고는 말하기 어려우나 그爛熱한 技法으로서 空間에 빛이어오는것은、다름이 아니라 그含蓄의 解放이다。그의 舞踊에있어서 普通 稱讚을 받는것은 그 閃光을 가르치는것이다。

그의 舞踊의 構味는 西洋舞踊과 朝鮮舞踊과의 合味라고 말할수있을것이다。그合成이 아직 燦然한 境地에는 到達치 못하였다 하드래도、그것은 끝 實現을 期待할수있는 舞踊의 至妙境이다。그至妙境을 생각해 그리면、今日 그가 完成한 朝鮮式에 貫徹된 單純한 舞踊은 哀音嫋々한 胡弓의 소리와 어울려서 우리들의 魂에 숨여들지마는、그것은 그에게 있어서는、한個의 階程에 不過하다고 생각하고싶다。그는 더욱 巨大하게 養育되여、그의 藝術의 날개를 더욱 넓게 페고、지금 생각해서 그리여낸 舞踊의 至妙境에 到達

할것이라고 나는 믿는바이다。

崔承喜의 舞踊으로서 우리에게 傳해주는 肉體의 言語는、現在는 敍情的音響으로 우리를 고을고 虛無와 頹廢의 속살거림으로 우리들에게 들녀주고있다。그러나 그의 肉體의 旋律이 이敍情詩에 滿足할수없는것은、그 强한 直線의 交錯하는 힘으로 보드래도 明白하다 그의 舞踊의 魅力이、單純한 同時에 複雜한 秘密은、생각컨데 이곳에 감추어 있을것이다。

佛蘭西의 有名한 批評家『푸른치에르』는 近代 浪漫派文學의 先驅『스타르』夫人의 小說의 天眞流露性에 關해서、그것에『넘치는、그리고 넘처서 外部에 나타나는、靈魂의 過剩에 不過하다』고 말하였다。이런것이 舞踊世界에서도 求해질수 없는것인가。肉體의 線의 旋律의 變化가、넘치는、그리고 넘처서 外部에 나타나는 靈魂의 過剩이라고 할수있는 경우가、만일 그것이 可能 하다면、그리고 그것이 實現되면、舞踊과 文學은、나에게는 두개로서 한개에 不過한것이라고 할것이다。

나는 일즉이 이렇게 쓴일도 있었다。나는 傳統으로 固定되여있는 日本舞踊을 좋아하지 안는다。그것은 벌서 靈魂의 부르지음、靈魂의 流動을 꾸민 藝術에 껍질인까닭이다 崔承喜의 舞踊에는 靈魂의 煩惱가들린다。그것이 나를 魅惑케하는 最深의것이다。그래서 그의 舞踊이 넘치는、그리고 넘처서 外部에 나타나는、靈魂의 過剩인것과같은 境地에 到達하는것을 나는 은근이 期待하고있다。

東洋의 리듬

梨花女子專門學校教授 朴慶浩

『최승희의 춤을 한번보았으면』 이것은 근년에 저의숙원이었읍니다。 그리다가 얼마전에 부민관에 열닌 그의 발표회를 보고 실로 감심한바 많었읍니다

필자는 춤에대하야는 하잘떡없는 문외한(門外漢) 이외다 그러나 춤에대하야 많은 흥미를 갖고 춤을 좋아하는것마는 사실이외다 그러므로 그날저녁에도 느낀바가 있다면 극히 아마추어의 감상으로『어지면 사람이 저렇듯이 아름다울까! 동작을 어지면 저렇게 아름답게 할까』 이만한 정도이겠지요。

참말 최승희씨는 동양사람으로 실로 드믄 육체의 균형미를 갖었읍니다 동양사람 더구나 조선사람은 선천적으로 서양인에 비하야 육체의미가 떠러진다고 합니다。 아마 다

소간 사실에 근거가 있는듯합니다。 그러나 최승희씨는 그신체의 뽐이 결코 서양인에라도 손색이 없이 아름답다고 저는 생각합니다。 그러면서도 동양적 우아미(優雅美)를 풍부히엿볼수있읍니다。

필자가 서양사람의 유명하다는 춤을 더러구경한적이 있는데 이것역시 아마추어감상이지만 그사람들의춤은 얼는말하자면『섹쓰아필』과『아크로바틱』한 기술이 무엇보다도 중요한 조건인듯 합데다。하지만 춤이란 결코 그것만이어서는 예술적가치를 충분히 나타내 지못할것입니다。아름다운 몸과 아름다운 동작을통하야 인생의 혼을 나타내는것이 춤이란 예술일것입니다 이렇게 보는바에서 저는 최승희씨의 춤을 대단히 고상하게 역입니다。그의 춤에 나타나는 모든동작은 인생의 즐거움을 웃고 인생의 슬픔을 읍니다。인생에 미(美)를 노래하며 인생의추(醜)를 저주하는것입니다。

그의 아태지한 조선춤들은 매우아름답습니다 재래의 조선춤을 테마로하야 대부분 서양식 더취를 가미(加味)한것으로 현대의 조선사람에게 가장재미있는 작품이다고 생각합니다。

오늘의 최승희가 최승희됨이 무엇보다도 조선사람으로 조선의춤을 세계에 소개함에 있고 내일의 최승희가 최승희됨도 이점에 있다고 보아 과한 망발이 아닐듯합니다。그러므로 바라는바가 있다면 한층더 자애(自愛)하야 그위대한 사업을 더욱더욱 발전시켜 조선의 춤을 세계에 자랑하야 써 조선사람도 예술이 있다는것을 보여주며 아직무엇이나 보잘것없다고 남들이말하는 우리사람중에서 최승희씨와 같은 예술가가 났음을참맘으로 즐기는 바입니다。

肉體의 彈力

朝鮮中央日報
學藝部長 金 復 鎭

검은 帳幕에 乳白의 四肢가 간드러진 抛物線을 그린다。虛空을 헤치고 나르는 肉彈은 千百의 心臟을 破裂시키고야 말 魅力을 갖었나니、生硬한 線條、思辨的內容、劇的說明法等々々。批判的 口吻을 가지고서 말하려는者의 五官을 貫通하고 만다。

그래서 그 創傷에서는 김나난 한숨이 슬며시 나오니 멍ㅣ하고 벌린 입! 풀어진눈은 判斷中止의 決局的 相貌일다。

批評——質問—— 모든것은 그豊艶한 肉體에 몰어 볼지며、含蓄있는 彈力에 對하여 보고서이다。

『마음의窓을 두드리는 손이여』 그힘은 果然 크다고 할것이다。(觀舞記一節)

壯快한進路를祝福한다

評論家 朴 英 熙

再昨年 十二月 어느날 저녁때、崔女史는 開闢社로 나를 찾어 와서만난뒤로이때까지 崔女史에 關한 일은 알지못하였다。지난번에 府民舘에서 公演이 있을때에는、내가 病床에 있게 되여서 崔女史와 아울러、그의 많이 開拓 되였을 藝術을 보지못함을、나는 대단한 遺憾으로 생각 하는바이다。

昨年以後로 女史의 名聲은 높았다。東洋에 있는 舞踊界의 第一人者로서、斯界의 一流批評家 들도 激讚하는바이다。더욱이 朝鮮의 古典的 舞踊을 再生케 하는點으로 본다면 그는 全舞踊界에 唯一한 存在라고 볼수있다。

나는 지금 女史에 關하야 무엇을 쓰려 하매、舞踊에 關한 專門的 批評을 하려는 것이아니다。나는 舞踊에 關한 智識은 批評程度까지 갈수는없다。뿐만 아니라 임이 一流批評家들이 다 適當이 評價 하였든 까닭이다。

다만 崔女史가 今日의 名聲을 얻게 된데 對하야、그의 不絶한 努力과 誠力에、내가感激한바、두어가지를 쓰려고 한다。

그는 한번 舞踊에 발을 들여 놓자、두가지의 巨大한 慾望이、그의 가슴을 뛰게 하였다 舞踊에 對한 技術을 남보다 特異하게 修得 하겠다는것과、그技術로서 荒廢하여가는 朝鮮의 舞踊을 再生 시키겠다는 決心이였다。그리고 그는 이 두가지를 全一的으로完成 하려고 努力 하였다。사려저가는 朝鮮民族의 藝術의 가지가지가 그대로 荒廢 하여가는것을 보고、서로 嘆息하기는 하나、누구 한사람、다만 한가지라도 再生하게 하며復興 시키려고 努力하며、또는 적으나마 功績을 나타내는 사람이 적은 이때에 崔女史의 決心과 아울러、今日에 벌서 그만한 成果까지 있게된것을、나는 기뻐 하는바이다。

그러나 그가 今日에 이르기 까지에는、實노 여러가지의 支障이 많었다。舞踊에 關하야 朝鮮사람의 因習的批評、또는 崔女史가 女子라는 弱點、結婚、經濟的困難等이였다。舞踊을 그만 두게 할까、어절까 하는 懷疑的物論이 家庭가운데서나、親知들中에서 두어번 있었든것을 나는 생각한다。먼저 結婚以後의 일이다。當者인崔女史는 어떠한 굳은 信念이 있었는지 몰났으나、내의 記憶으로 말하면、그의周圍의 사람들은、結婚이라는 커다란 試鍊期에서 蹰躇하였으며、또한 西氷庫에 硏究所를 차리고 努力 하다가、다시 東京으로 가게되는때라든지、間間이 그에게 적지않은 試練이 있었다。意志가 弱한 女子 같은면 벌서 그만 두었을때도 한두번이 아니였다고 나는 생각한다。그러나 그는 끝까지 끝까지 모든것을 犧牲하면서 突進해서 나아가는 그 勇姿가 말할수없이 信賴를 자어서 낸다。

再昨年 내가 그를 맞났을때에도、그는 歐米로 硏究의 길을 떠날것을 말하였다。나는 반가웁고 또 놀나웠다。그까닭은 일즉이 그는 家庭形便으로 혹은 歸國할는지도 모른다는 風聞을 들었을뿐이아니라、老齡의 父母님들은 돌아오기를 勸한다는 소문도 들었든것

이였다。

내가 이러한 形便을 들어 反問하니、그는 그러한 事情에 대해서 많이 苦悶하였고 焦燥하는 모양이다。그러나 그가 藝術의 完成을 생각할때 그는 그냥 突進해서 그여코 勝利의 月桂冠을 잡겠다는 結心이였다。이에 나도 적지 않게 感激되여서 可能하겠거든 歐洲에 留學가기를 勸한일도 있였다。

그는 高山峻嶺을 넘는 勇士와 같이、이렇게 한고개를 困難과 讃辭속에서 넘어간다。더욱이 그의 舞踊은 그냥 舞踊에 머믈느지 않고 朝鮮의 固有한 古典藝術을 再起코자하는 그 壯快한 進路를 爲하야 나는 祝福하는바이다。

洗鍊되여가는技藝

東亜日報 學藝部長 徐恒錫

나는 崔承喜女史의 藝術이 갈스록 圓融의 域에 가까워짐을 보고 기쁨과 자랑을 이기지못하는 한사람이외다。新作을내는족족 놀날만한 新境의 開拓이있고 舊作의 再發表에 잇어서도 자꾸만 보다더 洗鍊된技藝를 보여주는것은 女史가 단지 孜々히 努力하는 사람일뿐만 아니라、닦을스록 더욱빛나는 天來의 素質을 豊富히 가진까닭인줄 압니다。그러므로 女史의 將來에 約束된 榮光을 생각할때에 더욱눈부심을 느낍니다。

액소릭한 人氣나 輕佻浮薄한 世評에 흔들림이없이 더욱더욱 精進하야 朝鮮舞踊의 本質을 把握하고 西洋舞踊의 眞髓를 體得한우에 한거름더나아가 女史獨自의 眞正圓妙한 藝術을 지어내는 榮光의 날이 어서오게하기를 바랍니다。

朝鮮사람의자랑이되도록

『新東亞』編輯者 崔承萬

崔承喜氏는 내가 東京있을 때에 公私席에서 暫間〳〵 몃번 만나게 되엿을 뿐이므로 氏를 잘 안다고 까지는 말하기 어렵고 또 舞踊에 對해서도 元來門外漢이니 만치 批評할 資格이 없지마는 엇잿든 舞踊에對하야 그리理解가 없다고 할만한 朝鮮에서 斷然이方面에 뜻을두고 玄海灘을 건너가서 꾸준한 努力으로써 오늘날의 名聲을 얻게 되고 흔히 있는 異性問題때문에 남의 입에 오르고 내리게 되지 않게된것은 반듯이 氏의 意志가 굳고 修養이 깊은 까닭이 아닌가 하여진다。今後로도 더욱〳〵 精進하야 朝鮮사람에게 자랑이 되고 世界舞踊界에 遜色이 없을만치 活躍을 해주기 바랄뿐이다。

崔承喜氏의印像

『朝光』編輯者 咸 大 勳

내가 崔承喜氏를처음으로 만난것은 昭和四年(?)첫봄 東京서인듯하다、東京高工에잇는、柳東璉兄과 石井漠舞踊所의 趙澤元兄을 찾어갓든그때 應接室에 斷髮洋裝을하고 朝鮮보선을 신은少女！그는 確實히 崔承喜孃이엇다。情熱的인 그리고 藝術的인 그무엇을 憧憬하는듯한눈！ 純情的인 香그런우슴 그리고 손하나 발하나 옴겨놋는것이 그리고 모ㅣ든 제스츄어가 모ㅣ두 리즈미칼하게 움직이는것 같엇다。

元來 崔承喜氏를 만나러갓든게안이오 趙澤元兄을 만나려갓든만큼 나는 長時間氏와 이야기하지안엇다 더구나 그때 마츰 東京朝日新聞社에서 發行하는 週刊朝日에 쓰려고寫眞을 찍으러왓다고 化粧室로 드러가기때문에 나는 氏와 더앉어있을 긔회가없었다。

그리하여 그뒤或만낫스나 別로 親할程度의 交際가 없엇고 다못 氏를 舞臺上에서 그 舞踊 포오ㅣ스를 볼뿐이엿다。

나는 舞踊에對한 知識은 없어도 그때는 露文學에醉하야 露西亞것이면 文學以外人것도 모주리 耽讀하였는데 그때마츰『니진스키ㅣ의舞踊』과『안나ㅣ·파ㅣ브로브나』의舞踊·또 그리고『사하ㅣ롭흐』夫妻의舞踊等 그들의 舞踊에對한 書籍을손에 너홀수가 있어 그『舞踊포ㅣ즈寫眞面과 또 그舞踊解說에對한것을 퍽滋味잇게읽었다。그러나 그때 崔承喜氏의 舞踊을批評하거나 또 舞踊을 배울 생각을 갖지 않엇기때문에 그뒤 나는 舞踊世界와는 아ㅣ모 關聯을 갖지못햇다。

二

내가 昭和六年 朝鮮으로나온뒤 崔承喜氏도 朝鮮으로나오고 또 結婚하섯단말도 들었다

그러나 不幸히 나는氏를 其後 만날긔회를 갖지못햇다。

그어느햇가 氏가 다시石井漠氏門下로 들어간뒤 朝鮮에도라와 公會堂에서 舞踊할때에 나

는 그의 朝鮮舞踊을 보았다。

그러나 朝鮮舞踊을 그저西洋舞踊化한때 不過한 俗된 그舞踊에 나는 그렇게 讚辭를보내지 못햇다。

그것은 決코氏의舞踊이 좋지못하다거나 또는 그舞踊的價値가 떠러진다거나한것은 않이다 적어도 朝鮮舞踊을『아렌지』하려면 이以上 더좋은것이 얼마든지있는데 너무나 一般化되고 俗된 僧舞나 劍舞나를『아렌지』햇슬가 더구나『에헤야 노아라』같은것은 低俗한趣味에 迎合한다는 意味에서 나는좀더氏의 硏究가 깊어지기를바랫다。

春學舞도 舞山香도 그外 여러가지 朝鮮舞踊이 많다 더구나 朝鮮舞踊은 그發達이 宮中에서붙어였음으로 그舞踊이 모―두 퍽優雅하고 靜的인 음직입니다。이것을 어떠게 嚴肅하고 神秘하게 또 曲에따라 莊重하게 할수있으면 퍽도 조앗스련만!

그러나 나는 氏의 朝鮮舞踊에對한 今後를期待한다。웨냐 하면 氏가 朝鮮舞踊에對해硏究가 아즉 年淺함으로써다 이렇게말한다면 只今東洋的으로 그의人氣가 沸騰한오늘 이것은 너무나도 氏에對한 過少評價라고 할넌지몰으나 어떠튼 나는 朝鮮사람인만치 朝鮮의 藝術을 사랑하고 朝鮮舞踊家로써의 崔承喜氏를 眞心으로 사랑한다는意味에서 이런若干의 苦言을 드리는바다。

三

다시 이야기는 옛날로 도라가 나는 東京時代에 日本青年會館서 孃의(그때는孃이였다) 舞踊을보앗다 거이 七八年前일이다 舞踊의 曲目이 무엇인지는 잊어버렷지만 孃의主演으로 女王의춤을 추는것이였다。 나는 그色彩와 리즘과 포-즈에 暗惑하였다 그때는내가 舞踊에對한 書籍도읽든때다 그하나하나의 動作과리즘을 注意깊게보았다 그러나 孃의舞踊은 끗없이 優雅하고 아름다웠다。

西洋舞踊은 其後朝鮮서는 보앗스나 如前히 그의 均衡된 肉體와아울러 印象깊게 感銘깊어보았다 그런데 지난四月첨 나는 新聞으로온 崔承喜氏와 그의 옵바되시는 承一氏의 紹介로 人事를다시햇다 그러나 나는그때 舞踊家로써의 氏가 옛날의少女의 純情的인 꽃

봉우리같은 빛이 살아지고 이제는 활짝핀 薔薇같이 成熟된氏를 볼때 흐르는歲月이 無常함을 생각했다。不幸히 招待狀까지 보내주신 好意를 無視한것처럼 바뿐일로 이번公演을못본것이 크게恨이된다 나는 眞心으로 바라거니와 鑽이 좀더 今後의 朝鮮舞踊에對한 研究가 짚어지기바라며 이朝鮮舞踊에 참된 紹介가 또한 氏의 今後의 任務가 않일가생각된다。

끗으로 氏의健康과 그藝術의 光彩가 먼하늘의 北極星과도같이 永遠히 빛나기를 바라는바다。(四月二十日)

過去의追憶과未來의期待

畫家 安 碩 柱

崔承喜女史는 親友 崔承一君의 妹氏엿슴에 崔君을알자 뒤미처안이다。

예전에 그가 淑明女學校를다일때 내집에 姪女를차저와서노랏고 나는 길에서나 집에서 맛날때는 조그마한키에 흰얼골、영채잇는 두눈이귀여워서 노랑머리를 어루만지든생각이난다。

그도 나를 自己옵바의 親友이면서 나를 또한 옵바와가치 아는듯한 그두눈동자의 빛보람도 나는 同生이없는 사람이라 마음기피 『나도저런 누이동생이 잇섯드면 하엿다』 내가어느때 『너를 그림으로 그려보자』 하엿슬때 웃고 다라나든 그의모습이 지금도 내 눈에 역역하다。

나는 그때에는 崔女史의 未來를 짐작하엿다。

그는 아름다운 얼골이면서 사람의마음을 어즈럽게 하는 魅力이 없고 이보담도 純眞하면서도 모든事物에 無心한듯한 두눈속에 빗나는것이 심상치안음을 아렷섯다。

×

그도 집안이 넉넉 하엿드면 舞踊의 길로안나아갓섯는지 모른다。 그러나 그는 가난하엿기때문에 舞踊家의 첫거름을 거를때에도 그周圍가 어지러웟슴을 내가 보기에 딱하게 생각하엿스며 또 그가 지금만큼이라도 된것이 그가난이준 힘이엿는지모른다고 하엿다。

朝鮮에 깨이지못한家庭에서 태여난그가 지금만큼이라도 成就된것은 그의게는 天分이잇섯슴을 불수잇스며 그의 無表情한中에 舞臺에서도 늘— 어울리지안는 힘없는微笑는 반다시 그의頑固한 家庭에서 바든 그의先天的인 그무엇을 發見할수잇슬른지 모른다。

×

그는 지금까지의 나를모르나 나는 그를 고요히보는中에 全部는몰라도 원만치그를 본

바가잇다。 그는어렷슬때 집에놀러오든그時節이 나의집에 누가잇섯고 더나가서 自己의집洞里의일도 이저바렷는지모른다 또 그가 石井漠氏를따라 東京을向하야 出發할때 停車場에 餞送나간사람 들의面貌를지금도 記憶하고잇는지모른다。

또 그가 舞踊家가되여가지고 故土를訪問하엿슬때 그를祝福하든사람들의 반기는그얼골들을 생각하는지를알수없다。

藝術家는 그런 아름다웁고 슯은 追憶이없으면 안된다。 그런데 나는 그가 舞臺에서 힘없는우슴을 觀衆에게던지기를 恒常잇지안는것을보아 疑心할수가잇다。

×

나는『半島의 舞姬』라는 그의主演映畵를보앗다 나는 이映畵를조금도 사랑치안는다。또 이映畵에 나아온 그를 조금도 정말 崔承喜로는보지안엇다。 그러케 보기가실혓다。

그러나 그映畵中에 舞踊先生에게 단혼자、訓練이랄까、基本練習을 猛烈히할때에 그崔承喜를 藝術家의崔承喜、朝鮮女子의崔承喜로보앗다。 그럿치만 나는 그의게 映畵俳優로써는 맛

당치안음을 發見하고 곳곳내 舞踊家로써만 지내기를바랏다。

歲月은빠르다 몽당머리를 나플나플하고 서울의 쓸쓸한길을종종거름으로 거러가든그가、지금은 큰舞臺우에서 큰거름으로거를때 나는 맘기뻐 즐거웁다。

나는지금도 崔承一氏를 맛나고 또 예전과가치 弄談도하고 彼此의生活에對한 이야기도 한다。 그러나 그의妹氏인 崔女史는임이 世界의人이되랴는때에 그가故土를 점점멀리등지는 듯해서 임이그는 우리가길을것다 일허버린 旅人같은 늑김이있어 섭섭한때가잇다。

나는 끝으로 한가지부탁이잇다 잡싼『쩌낼리스트』들의 變하기쉬운 그붓끗을警戒하고、自重함이잇스라고 말하고십다。 그리고 偉大한崔承喜가되라고 말하고십다。 그리고 어느때면지 故土에도라와 朝鮮의藝苑을위하야 우리들과함께 努力해보자고한다。

崔承喜舞踊

崔 承 一

내가 누의동생의춤을 구경한지도퍽 오래다。이즈음 東京에 있어서 동생의 藝術的行動에대하야 所謂『人氣』는 相當한모양이나 一部識者間에는『崔承喜는 지금 朝鮮을 팔고있다』或은『崔承喜의 朝鮮舞踊은 純粹한 朝鮮舞踊이 아닌듯십다』이러한批評이 떠도는것을 新聞이나 雜誌를通하야 볼수가있다。나는 여기대해서 잠간 입을벌리기로한다。

첫재 朝鮮을판다는말은 아마『朝鮮춤』을판다는말로 解釋이된다。이말은 百番ㅣ千番들어도괜찬은말이다。朝鮮사람인 洋舞家 崔承喜가 日本內地에서 朝鮮춤을추어 팔기로서니 그것이 그리怪異한일은아니다。 다만 여기서 問題되는것은 그의추는朝鮮춤이 純粹한朝鮮舞踊인가? 그러치않으면 朝鮮춤을 모르는日本內地大衆의앞에서『리듬』이나『律動』에있어서

日本춤에서나 西洋춤에서보지못하든 舞踊創作上形式이나 조곰 달리하야 一時모르는가운데 슬적넘어 가는춤인가? 이것을 鮮明히하여야 純粹不純粹가 나타날것이다。

대체 純粹라는意味가 가령 朝鮮춤하면『鳳來儀』나『項莊舞』가튼것을 그대로 億千萬代를 두고 그대로傳하여나려가는것이『純粹』이고 그것을 춤가락이나 춤의內容을 近代的『리듬』이나 近代的形式으로 解釋하고構成하야 表現한다면 그것은『不純粹』가 되는것인지?

나는 여기에이즈음 歐洲의一部 舞踊批評家나 日本의一部 舞踊批評家들이 論議하고잇는 지금 世界的으로 이름을날니고잇는 西班牙의舞踊家 아루헨티나의舞踊을 中心으로한 舞踊批評을 잠간여기에 꺼러다 쓰기로한다。

지금 아루헨티나의춤은 外國人에게는 歡迎을밧지마는 西班牙 本國人에게는 그의歡迎을 못밧는다 그대신 外國人에게는 알니여잇지아니하지마는 本國에서는 대단한歡迎을밧는아루헨티나의後輩 아루헨치니다타는舞踊家는 아루헨티나타고 명토는 박지아니하엿지마는 그는 어느新聞記者에게 이런말을 한적이잇다。

『外國人에게 보인다고 하여서 또 國際化한다고 하여서 거즛것을 보일必要가 무엇인가』

그러나 어느外國의 舞踊批評家는 아루헨틔나의舞踊을 이러케 批評하엿다。

『그의舞踊은 西班牙舞踊으로서 純粹한것이아니고 眞正한것이 아니지마는 西班牙舞踊을 素材로하야創作한 훌륭한藝術舞踊이다』

이어서 그는純粹――不純粹에대하야 다음과같이 解釋하엿다。

「純粹 不純粹를 論하는것이 非常히困難한일이지마는 不可能한일은아니다。理論的으로 그 全部를 解決하기는 어려운일이지마는 本能的으로 또는 直觀的으로 그純――不純을 늣길 수는 잇는일이다。그러나 그舞踊의 純粹――不純粹을 明瞭케할수는 잇는일이지만그것가지고 곳 純粹하기때문에 좃코 不純하기때문에 낫부다고는 할수가없는일이다。웨 그런고하니 良否의判斷은 그純――不純에잇지아니하고 그舞踊이 가진藝術的 價値判斷에 잇기때문이다。여기에서 비로소 다시금 그純――不純粹가 問題가되는 것이다。또한 그와反對로 그舞踊이 훌륭하다는賞讚을바닷다고 하여서 純粹舞踊이 되는것도아니고 낫브다고 하여서 純粹舞踊이되지못하는것도아니다

동생承喜야！너는 朝鮮의情緖를아니가젓슬理가없다。웨——그런고하니 나타 다른사람이나 다갈이 너를朝鮮사람이라고 부르기때문이다。그럼으로 너는 朝鮮의情緖를 집어너허가지고 全然創作舞踊을 맨드는것이 네의使命이고 이러한方法 이러한 方法이 가장 世界的이 될만한 可能性이 잇는것이다。外國人이 보고 조타고 하엿기로서니 그것이 朝鮮的이 아니라는『民族』을일허바리고『姓名』을 일허바린춤이 될까닭이 어듸잇느냐 말이다。

崔承喜作品解說

昭和九年以後의重要한作品

音樂評論家 牛 山 充

『王舞』……………打樂器伴奏

舞踊이、우로는 帝王、아래로는 庶民에 이르기 까지 모든 階級의것임을 證明하는것으로서、古記錄에 帝王의 춤을 發見 하는것은 舞踊藝術이 尊貴하다는것에 注意하게된다。朝鮮에 있어서도 高麗時代에 新羅王의 춤이 있었다는 事實이口傳하여 왓든것을 崔女史가自己의 創意로서 復活 식힌것이 이『王舞』다。女史는 이 테ㅣ마로 王의 偉力과 高貴性을 表現하려고 하야 打樂器의 伴奏로서 可驚할 効果를 내엿으니 舞踊創作家로서 才能을보이는 最初의 注目할 作品이다。

『세가지의 코리안。멜로디』……朝鮮古典音樂……그時代의 朝鮮音樂을 使用하야 古代、中代、現代、세가지의 相異한 時代의 朝鮮舞踊을 縮少해서 보이자는것이다。

一、靈山調는 古代佛敎徒가 聖山우에 集合하야 舞樂으로 佛天을 祀한다는 傳說에서 만든것인데、古代風의 高雅한 女人舞踊。

二、盡陽調는『活氣가 없어진 것의 춤』으로 깁븜을 잃어버린 世人의 憂鬱을 表示한 것。

三、民謠調는 춤 明朗한 近代的 朝鮮의 情緒를 表現하려는 極히 詩趣의 豊富한 小品이다。

×

『리릭·포엠』……복그라스曲

『복그라스』의 序曲에 따러서 춤추는 抒情詩。

清楚한 衣裳으로、肉體의 線을 鮮明하게 나타내면서 彫刻的美를 刻々으로 創造한다。

『길도없이』……………………베토벤曲

베토벤의 熱情奏鳴曲의 第一樂章에 對한 舞踊的表現。一條의 黑天鵞絨을 裸身에 휘감었을뿐으로 몸에는 아모것도 걸치지 않고 추는춤이다。石井漠氏風의『다니나믹』한 춤이니、强하게 近代的精神을 反映하였다。進展하려는 길을막어버리고 困惑하고 懊惱하는 現代人의 心的狀態를 表現한 狂想舞曲。

×

『朝鮮風의 듀에트』……………朝鮮俗曲

音樂은 朝鮮의 俗曲을 쓰고、朝鮮民俗舞踊의 手法을 取하야 創作한것。村民의 素朴性을 喪失하지 않고、더욱이 橫溢하는 天眞한、村 男女의 戱遊를 그린것이니、이것은 實로 大成功의 佳作이다。

×

『無憂華』……………쇼방曲

『쇼방』의作品 三十의 二番、왈쓰를 使用하야 映畵『泉』가운데의 三角關係에 暗示를 얻어서 創作한 트리오。愛戀의 불꽃을 떠러트리며 爭鬪하는 愛慾의激烈한 葛藤의자최……爆發後의 休火山과 같이、가슴속에는 근심과 격정과 苛責、아모것도 없다。•만다 苦와 樂이 交流된듯이、이상한 疲勞를 생각하게 하는 複雜한心理를 象徵한 것이다。그것에는 『쇼방』과 쪼ー지•산드의 愛慾을 回想할수도 잇을것이다。

『假面의춤』…………打樂器伴奏

朝鮮의 假面舞踊으로 代表的인 것은 宮中舞踊의 處容舞와 無旱舞、民間에서는 卑俗化된 山臺劇의劇中 舞踊等의 數種에 不過하다。그런것들을 基礎로서 打樂器의 伴奏를가지고 創作 한것이나、小鼓를 치면서추는『유모어』한춤이다。대단이 자미 있는 것이다。假面에 獨特한 原始的 奇怪한 맛이 있다。

×

『習作』…………(옴즉이는 써스템)

作品 一……………………打樂器伴奏

作品 二……………………無 伴 奏

이것은 모다 伴奏 없이 춤추는것이나、副題와 같이、一曲마다、다른『써스템』으로서 構成 되여잇다。(一)은 이런 種類의 作品一番이니 直線的으로 움즉여서 構成된 노이에 땐쓰 風의 淸新한 感覺을 주는『소로』다。(二)는 作品二番이니 奇怪한動作으로 된『듀에트』다。이것 둘다 第一回 發表會의 作品으로서 注目할만하다。그後로도 여러번 公演하엿다。

×

『習作』……………………(움즉이는 써스템)

作品 第三……………………打樂器伴奏

作品 第四……………………無 伴 奏

第一回 發表의 움즉이는『써스템』第一 第二以後에 된것이나、同一한 알범의 第三、第

四다。第一作品 第三은 로단의 名作彫刻『接吻』에서 暗示를 받어서、男女二組가 臺座上에서 彫刻的 動作을 하는 춤이다。第二의 第四는『소로』인데 動作에서 彈力性을 찾으려는 姿態다。

×

『僧舞』……朝鮮古曲

이것은 高麗末期에 그 首都인 松都(開城)의 名妓『黃眞伊』가、當時 高僧으로서 道心堅固한 萬石僧을 誘惑 하령으로 춤추는것을 淵源으로 한것이다。崔女史는 朝鮮의『사로메』라고도 할만한、黃眞伊가 되여서、朝鮮의『요가나안』인 萬石僧을 홀려 버리려고 創作한것이다。『사로메』의 춤은 露骨的으로 肉感的인 것이지만 이것은 楚々하야 사랑할만치 柔和 優雅한 춤이다。

×

『青春』……사라사테曲

曲은『사라사떼』의 포더。마락에니야。音樂은 스페인風의 激烈한 舞曲인 까닭에、崔女史는 이것을가지고靑春의 사랑과 깁븜과 情熱을 表現하려고、石井美笑子孃을 處女로、自身을 젊은 사나히로 扮裝하여 가지고 추는것이다。好評을 받은 佳作이다。

×

『生贄』……………뿌룻호曲

鬼才『뿌룻호』의 音樂을 使用하야、强大한 權力앞에 犧牲이 되는 弱者의 苦惱와 自棄를象徵的으로 表現 하려는것이다。衣裳의 制作이 잘되엿고、舞踊創作에는 이것을 잘 살려서、第二回 發表會의 作品中 佳作이엿다。

×

『金指의춤』……………쿠리에르曲

音樂은『쿠리에르』의『붉은 罌粟』中의 一曲을 使用하야、춤추는 사람은 손구락에 金筒을 끼고、손톱 끝을 뾰죽하게 하고、그 손구락을 벌리고 춤을춘다。이 童話風의 文

那的 幻想을 取扱한것이다。손톱을 길게 기르는 支那의風俗을 諷刺하는것은 아니다。

×

『호니호로師』……角野錦生曲

尺八家 野錦生氏의 作인、尺八主奏 新日本樂을 새로히 編曲해서 그것에 맞게 作舞한 것이다。『호니호로師』는 明治末期頃 까지、이리 저리로 다니면서 自己의 技藝로서 糊口하든 大道藝人。그浮草와 같은 生活의 悲哀와 諧謔을 表現한 作品이나、말할수 없는 哀調가 떠돈다。

×

『마음의 흐름』……자이고후스키曲

『촤이고후스키』의 名曲、안단테、간타비레 에서 받은、崔女史의 感傷的 마음의 視覺化 니、그 動作으로 젊날의꿈과 哀愁의 노래다。마음에 고요히 흐르는 感情이 가장 가련 하게 나타나젔다。純白한 衣裳을입은、젊은 女性 두사람이서 그림자 모양으로 서로 어우러지고、또 떠러지며、떠러젓다가는、어우러지는 즐거운 曲調에 마처서추는 그림과 같은『듀에트』다。

×

『荒野을거러간다』……………바르도크曲

『시게데이』가 타고잇는『빠라·빠르독크』의 匈牙利 民謠調의 맞인 力作이다。前人未到의 處女地를 開拓하야、荊棘의길을 허치고 나아가는 開拓者의 勇姿을 彷彿케 한것이다 崔女史로는 極히 異彩잇는 作品이며、劇的 迫力이 가득한 男性的 舞踊이다。

×

『廢墟의跡』……………무솔구스키曲

무솔구스키ㅣ의有名한 管絃組曲인『展覽會의그림』中에『古城』에 맞어서 構想한 作品이다。百濟古都에 남은 半月城을 찾어 갓을때『나라는 亡하엿으나 山河는 있다』라는 古詩를 생각하고 그때 받은 印象을 舞踊化한것이니、複雜한 感情을 內包한 好個의 作品

이다。

『希望을안고』……………………사라사데曲

『사라사데』의『로만짜·안달루ㅣ자』에 依하야、崔女史의 感情을 披瀝한 귀여운『듀에트』다。初演以來、항상 石井美笑子孃을 相對者로、崔女史는 젊은 사나히로 扮裝하고 추는것이나、많은 好評을 받은 記憶깊은 作品이다。希望에 充滿하고、光明에 넘치는、사랑의 젊은 사람의幸福을 讚歌한것이라고 할수있다。

×

『劍舞』……………………打樂器伴奏

打樂伴奏로추는 勇壯한 춤이다。由來로 朝鮮의 劍舞는 新羅時代의 勇將、朝鮮의 木村長門守라고 할만한 黃昌의 英雄的行爲을 讚美해서 만든 勇壯한 舞踊이엿든것을、妓生의 손으로 悠長纖弱한 女性的動作으로 變해젓든것이다。崔女史는 처음의 姿態로 復歸식히여서、劍舞本來의 面目을 發揮하려고 創作한것이다、双手에 短劍을 갖고 추는 壯勇한

作品이다、

×

『에헤야、노아라』……………………朝鮮古典

朝鮮古曲의 管絃編曲에 따러서 추는 춤이다。朝鮮古有의 갓을쓰고、寬濶한 廣袖이 長衣를 입고 가는 끈으로 허리를 매고、지극히 悠長하게、끝없이 웃어가면서、허리를中心으로 身體를 左右로 흔들고 숙이면서 추는 輕快한 춤이다。半島의 사람들은 酒宴席에서 술잔을 거듭하면 반듯이 일어서서 춤을 추는것을 基礎로 해가지고 藝術的으로醸化한것이이作品이다。

昭和十二年七月廿五日印刷
昭和十二年七月三十日發行

版權所有

崔承喜自叙傳
〔定價金壹圓〕

著作兼發行人　京城府杏村町七九番地
崔承一

印刷所　京城府漢江通一五番地
日新印刷株式會社

印刷人　金容圭

發行所　京城府寬勳町一三〇番地
株式會社 以文堂
電話光化門(3)一四八四番
振替京城一〇、二七五番

최승희 자서전 복각본

발행일 2023년 7월 31일

펴낸이 박성모 **펴낸곳** 소명출판 **출판등록** 제1998-000017호

주소 서울시 서초구 사임당로14길 15 서광빌딩 2층

전화 02-585-7840 **팩스** 02-585-7848

전자우편 somyungbooks@daum.net **홈페이지** www.somyong.co.kr

9 791159 058158 03810

ISBN 979-11-5905-815-8 03810

값 25,000원